短歌ください

明日でイエスは2010才篇

JN049501

穂村 弘

角川文庫
22331

目次

短歌ください　明日でイエスは2010才篇

テーマ
罪

今回のテーマは「罪」です。具体的な行為や考えに絞り込んで「罪」を詠うのはなかなか難しそうだな、と思っていたんだけど、力作が集まりました。

**アゲハ蝶「かわいいね」って囁けば
「死にたい」と言い標本になる**

（源雪風・女・19歳）

ただ死ぬんじゃなくて「標本になる」ってところがポイントですね。「かわいい」けど「死にたい」んじゃなくて、「かわいい」から「死にたい」んじゃないかなあ。生きることがとにかく大切という観点からは罪ってことになるんだろうけど、一首の論理が生み出した壊れた光のような鮮やかさは紛れもない。

問い詰める視線にまわりを囲まれて息したらもう有罪だった

（虫武一俊・男・29歳）

「学校の終わりの会に冤罪で名指しされて、いまでも思いだして気分が悪くなります」との作者コメントがありました。四句めの「息したらもう」に張り詰めた生々しさがありますね。集団の空気というものの怖ろしさを感じます。

体育に他校のジャージを着て臨みみんなあきれたでもざわついた

（ハレヤワタル・男・28歳）

転校生なんかが着ていると、とても目立つんですよね。それをわざとやるところが面白い。そこから、みんなと同じであれ、という同調圧力の存在が浮かび上がります。学校を卒業したら体育の授業はなくなるけど、この圧力が人間の、特に日本人の集団から消える日は遠そうです。

どきどきしながら飲んでみる一日分の野菜（ほんじつにほんめ）

（さおり・女・17歳）

野菜ジュースの歌でしょうか。人殺しが罪ではない時代があって、それから長い平和が続き、今では「一日分の野菜」を一日に二本飲むことに「どきどき」するようになった。一首の裏側には、余りにも優しく完璧にコントロールされ過ぎた私たちの社会への、おそらくは無意識的な違和感が隠されているようです。

（野次馬で緊急車両が入れません）救えた命を知るのは翌日

（高橋徹平・男・34歳）

「野次馬」のひとりひとりには罪の意識はない。でも、結果的には集団の悪気のない行動が「救えた命」を奪ったことになる。この場合は「翌日」の新聞記事などで知ることがあったのかもしれないけど、たぶん、永遠に気づかれることのない罪が世界には沢山存在しているんでしょう。批評性のある歌ですね。

エスカルゴ用の食器があるのだし私のための法で裁いて

（麻倉遥・女・27歳）

「エスカルゴ用の食器」を持ち出したところがいい。「私のための法で裁いて」とは自分勝手な言い草にきこえるし、勿論社会的には通用しない要求なんだけど、でも、例えば恋愛などのプライベートな場面においては当事者さえ説得できれば通ってしまう。その危険な面白さが滲んでいます。

革靴を買うと偽り二時間のロマンポルノを観た十五の夏

（寺井龍哉・男・17歳）

嘘をついてポルノを観る、という二重の罪。「革靴を買う」がなんだかひどくリアルというか、「十五の夏」らしいですね。

うっすらとわかっていたの子らが風邪ひきかけている咳をしている

（小川ひあ・女・29歳）

「うっすらとわかっていたの」に惹かれました。避けられなかった風邪と避けられたかもしれない風邪を区別することはできないけど、罪の意識ってそういう理を超えたもののようです。

大阪府30代というだけでアナタが殺ったことにしている

（みつこ・女）

「別れた人が不幸でいてくれたらという、非常に自分勝手な気持ちです」との作者コメントあり。そう思っているうちはまだ気持ちが残っていることを、〈私〉も知っているのでしょう。「アナタ」が殺られた、じゃないところに微妙な心の働きを感じます。

虫？・違う切断されたネックレスタブーは無いわ姉の鋏に

（モ花・女・27歳）

「ポーチに入れていた大事なネックレスが切られバラバラになっていて、ポーチを開けた瞬間ネックレス（のパーツ達）が本当に虫とかなにか怖ろしい物に見えた事があります」との作者コメントがありました。「ネックレス」よりも「姉」の方が怖いと思うんだけど、その怖さが「虫?」の一語に反映されているのかも。ここを見ただけでどきっとしました。

では、次に自由題作品を御紹介しましょう。

どこまでものびてゆくクレヨンの線は
真正面から見たらただの点

(冬野きりん・女・20歳)

面白い視点ですね。「真正面から見たら」と云いつつ、生身の人間はその地点には決して立つことができない。でも、そんな幻のスタンスを想像できるところにセンスを感じます。この世に安住することなく、その外を求める意識の強さっていうのかな。歳を取るにつれてその力は弱まってゆくようです。

いま、なつこ、完璧なひとりぼっちなの。遠いねみんな、カタツムリだね
（甲本夏子・女・21歳）

唐突な「カタツムリ」がいいですね。「なつこ」が殻にこもった「カタツムリ」なのか、或いは、「なつこ」が人間なら、「なつこ」以外の全員が「カタツムリ」なのかもしれませんね。

どこにでも行ける気がした真夜中のサービスエリアの空気を吸えば
（木下ルミナ侑介・男・25歳）

「サービスエリア」で車から降りて、休んでいるのでしょう。そういえば「サービスエリア」には、どこにも属していないような不思議な雰囲気がありますね。「空気を吸えば」が効いています。

次回は「同性」をテーマにした作品と自由詠を御紹介する予定です。

次の募集テーマは「数字」です。例えば「173cm51kgの男憎めば星の匂いよ（山咲キョウコ）」とかね。どきどきするような意外な歌に出会えることを期待しています。

また自由詠は常に募集しています。どんどん送ってくださいね。

同性《テーマ》

今回のテーマは「同性」です。ユーモラスな歌、切実感のある歌、その両方ということもありますね。

色なんかもう分からないばあちゃんにマニキュアを塗る母の手を見る

（よるこ・女・18歳）

非常に高齢なのか、或いはもう亡くなっているのか。「ばあちゃんにマニキュアを塗る母の手を見る」という構図が凄い。宿命の連鎖を感じます。その一瞬に、〈私〉は自分自身の未来を見通してしまったのでしょう。

ともだちの家に今夜は泊まるけど何にもいらないぜーんぶ借りる

（平岡あみ・女・16歳）

「ともだち（女）のところに泊まるときは、パジャマも下着だって借りることができます」との作者コメントがありました。「ぜーんぶ」に同性同士の楽しさが表れています。加えて、若さの喜びも。逆に云うと、二十代、三十代になったら、「ぜーんぶ」は難しくなるんじゃないかな。一部、音数の調整をさせてもらいました。同じ作者の「美容院に次々ともだち送り込む自分のおしゃれにはもう飽きた」にも、同様の楽しさが溢れています。

「ドンマイ」と笑ったあとに一瞬で真顔に戻る副キャプテンは

（うえだ・男・20歳）

「ドンマイ」「副キャプテン」からスポーツの場面が浮かんできます。一瞬の魅力。ひとつの夢に向かって、共にがんばるって感覚が、その前提になっています。

ブラジャーのエリコが泣いた放課後のチャイムはいつもより悲しくて

（森響子・女・27歳）

「ブラジャーをいち早くしてる女子って、ちょっと神秘的です」との作者コメントあり。「ブラジャーのエリコ」って云い方に、泣き笑いのような感覚が生まれています。物理的に同じ筈の「チャイム」が、「いつもより悲しく」響く、というのも鋭い把握。

居残りは何も生まない五時限目終えすぐ帰る友がいました

（ハレヤワタル・男・28歳）

運動部の熱心な掛け声をききながら、帰宅部なのになんとなく居残っている。そうしていれば何かが起こるような錯覚を抱いて。この感覚には覚えがあります。「すぐ帰る友」の潔さが眩しい。

くるしいよ教室の隅乙女らがさっきまで居たにおいがします

（甲本夏子・女・21歳）

「同世代の女子が苦手です。でも彼女らは私とコミュニケーションをとろうとします」との作者コメントあり。「さっきまで居た」という時間差があるにも拘わらず、「においい」を感じるところが凄い。リアルタイムでは「くるしいよ」という言葉も出せないのでしょう。

デパートの一階で呼吸困難　私はきっとおんなではない

（シラソ・女・25歳）

こちらは化粧品売り場ですね。「呼吸困難」という言葉の強さに絶望が宿っているようです。「私はきっとおんなではない」の大胆な結論もいい。

友達が帰ったあとの髪の毛を拾う明るい小さな部屋で

（小林晶・女・28歳）

〈私〉の感情は全く書かれてないいんだけど、不思議な静けさに惹かれます。生殖に繋がらない関係の聖性というか。

わたしたち切れてるチーズあなたたち
裂けるチーズね、等の応酬

（冬野きりん・女・20歳）

奇妙な比喩の裏側に生々しさがあります。外からはほとんどちがいがないように思えても、同性だからこそ微差にこだわって、時には対立するのでしょう。

では、次に自由題作品を御紹介しましょう。

青入れて赤赤赤の均整を壊してみせた
自転車置き場

（りっこ・女・24歳）

「うちのマンションの住人は、赤い自転車好きが多いようです。間違えないのかしら？」という作者コメントがありました。その中に自分の「自転車」の「青」を差し込んだことを「均整を壊してみせた」と意識するところが面白い。合理に支配された世界の中では呪術めいた行為に見えてしまうんだけど、生を活性化するのは、そのような次元の感覚だと思います。

ぬいぐるみ越しに言われた「好きだよ」に、あなたのひとみを見るのをわすれた

（いさご・女・21歳）

思いがけない「あなた」の言葉に混乱して、思わず「ぬいぐるみ」の「ひとみ」を見てしまったのでしょうか。それはつぶらな硝子玉。限りなく幻に近い愛の真実というものを感じさせてくれます。

うろこ雲てんてんと消え沸きだつよう
なそのあおさ、息をわすれて

（junko・女・22歳）

「うろこ雲／てんてんと消え／沸きだつよ／うなそのあおさ、／息をわすれて」という、三十一音を守っていながら変則的なリズムが、「息をわすれて」の臨場感を支えているようです。

あの人が蝶々結びをした紐のくしゃく
しゃになったところをさわる

（コリユ・女・18歳）

「蝶々結び」の下手な「あの人」の魂に触っている、そんな感覚でしょうか。「蝶々結び」とは一時的な「紐」の状態に過ぎなくて、存在としてのモノではないところがいい。だからこそ、「さわる」という行為の儚さに胸を打たれます。

次回は「数字」をテーマにした作品と自由詠を御紹介する予定です。

次の募集テーマは「自然」です。自然詠って昔は短歌の王道だったけど、今は激減しています。人工物に囲まれすぎて、自然を感じ取るセンサーが落ちているのかも。是非チャレンジしてみてください。また自由詠は常に募集しています。どちらのテーマも何首までって上限はありません。どんどん送ってください。

テーマ

数字

今回のテーマは「数字」です。デジタルな数字とアナログな感情の結びつき方が面白かったです。

顔文字の収録数は150どれもわたしのしない表情

（二戸詩帆・女・21歳）

「どれもわたしのしない表情」にはっとさせられます。感度のいい歌。「顔文字」のように典型的な「表情」を現実の人間は多分もっていない。リアルな「わたし」の「表情」が見たくなります。

60のママ、これ以上生きないで　死に近づいていくのがこわい

（森響子・女・27歳）

「これ以上生きないで」に、どきっとする。まるで死んでと云ってるように見えるから。でも、本当の意味は逆。「ママ」に永遠に生きて貰いたいのだ。混乱した表現に願いの生々しさがこめられているようです。

ジャージ着た七三分けの先生に服装検査される屈辱

（麻倉遥・女・27歳）

なるほど、と納得。学校って逆転世界なんだ。変な恰好のひとがお洒落なひとの服に文句をつけていばって怒る。

てっぺんに0120つけたよな君の愛ってすげぇ気楽ね

（岬・女・22歳）

「何が起こっても、自分が損することはないという保証された範囲内でしか動けない人っているなぁと思い、それを表現してみました」との作者コメントがありました。その感覚をフリーダイヤルの「0120」という数字に結びつけたのが面白い。「てっぺん」のアナログ感との組み合わせによって、可愛さとアイロニーの両方が生まれました。

君を待つ3分間、化学調味料と旅をする。2分、耐え切れずと目を覆い、蓋はついに暴かれた。

（せつこ・女・15歳）

滅茶苦茶な字余りで、短歌の形になってないんだけど、異様なドライブ感に惹かれました。カップラーメンの出来上がりが待てなくて2分で開けて食べちゃった。たったそれだけのことを、ここまでハイテンションに詠い切ったのは凄い。今度は五七五七七の短歌定型でつくってみてください。

弟と仲直りした雨のあと二畳の部屋に虹を見ていた

（虫武一俊・男・29歳）

「二畳」の狭さが不思議なリアリティを生んでいます。「にじょう」の音は「虹」の響きともかかってるのかな。

ホームと車体とを他者にした闇によだれを垂らす聖者は8歳

（冬野きりん・女・20歳）

こちらも特異なテンションを感じますね。実際の光景としては、駅のホームと電車の隙間に子供が唾を垂らしたというところだろうけど、言葉の組み立てによって、作中世界が光を放っています。具体的には、隙間じゃなくて「他者にした闇」、唾じゃなくて「よだれ」、子供じゃなくて「聖者は8歳」という辺りがポイントでしょうか。

3の次5がくる白い清潔なこの空間でひとはしんでく

（天然果実・男・25歳）

病院の歌でしょうか。死に通じる4が消された異世界が絶妙なタッチで表現されています。「3の次5がくる白い清潔な」という言葉の運びがうまい。謎めいた世界に自然に引き込まれてしまいます。

酒、みりん、醤油のようにわたしたち
1：1：1の三角関係
（鈴木美紀子・女・46歳）

「酒、みりん、醤油」って比喩に意外性がありますね。本当にそうなら三人で仲良くできそうなところなのに。

では、次に自由題作品を御紹介しましょう。今回は特に秀作揃いで選ぶのに苦しみました。

午前2時裸で便座を感じてる　明日で
イエスは2010才
（直・女・17歳）

ここまで美しい聖夜の歌は稀だと思う。「裸で便座」から「明日でイエスは」への飛躍が素晴らしい。その前提として、目立たないように置かれた「感じてる」の一語が効果をあげているようです。

カーテンで殺しそびれた蜘蛛と寝る。お尻の糸は燃える？燃えない？

（小林晶・女・28歳）

鮮烈なイメージですね。殺したいのか、一緒に寝たいのか、その両方なのか、わからない相手に対して〈私〉は問いかける。「お尻の糸は燃える？燃えない？」が、なんだか、愛の言葉に見えてくるようです。

きみに貰ったのがガムでよかったな私永遠に嚙んでられる

（シラソ・女・25歳）

チョコレートや飴だと口のなかで溶けちゃいますもんね。でも、「きみ」は「私」の

「永遠」なんて思ってもみないんだろう。ユーモラスな表現の中に、圧倒的な片思い感があって胸をうたれます。

カッキーンって野球部の音カッキーンは真っ直ぐ伸びる真夏の背骨

（木下ルミナ侑介・男・25歳）

一瞬で、夏の空気が甦る。「カッキーン」という音が季節感に直結する鮮やかさ。「背骨」という表現もいいですね。

「この商品セール対象外です」とセールをしていたこと今知った

（さおり・女・17歳）

「知らない間にセールに参加していて、知らない間にチャンスを逃がしていました」との作者コメントあり。面白いですね。「参加して」いるつもりも「逃がして」いるつもりもないのに勝手にそうなっている。日常のあるある的な出来事を詠いつつ、世界の仕組みに対する違和感が提示されている。鋭い批評性を感じます。

次回は「自然」をテーマにした作品と自由詠を御紹介する予定です。

次の募集テーマは「体」です。目や手や臍の歌でも、スポーツや病気の歌でも、解釈は自由にどうぞ。また自由詠は常に募集しています。どちらのテーマも何首までって上限はありません。どんどん送ってください。

自然《テーマ》

今回のテーマは「自然」です。いわゆる叙景歌とはちがった、けれど、また別の面白さをもった自然詠が集まりました。題詠、自由詠ともにレベルが上がって、激戦になっています。

ゆうぐれのジャングルジムにぶらさがり猿へのターン始まっている

（虫武一俊・男・29歳）

「猿へのターン」って云い方が面白い。こう表現することで、単に「猿」っぽい気分になったってこと以上の何かが生まれています。或る「ゆうぐれ」に、たまたま〈私〉がそうしたことをきっかけに、繁栄のピークを極めた筈の人類が一斉に「猿」へ戻っていく、とか。

煮え切らぬきみに別れを告げている細胞たちの多数決として

（九螺ささら・女・41歳）

心が決めた「別れ」ではなく、「細胞たちの多数決として」の「別れ」。凄いですね。〈私〉という存在もまた自然の一部だという感覚が、説得力をもって伝わってきます。

夏の日に山の手にある病院でたしかに野犬を見たのだけれど

（小川あい子・女・30歳）

一首のなかの「野犬」は幻めいて美しい。まるでニホンオオカミのような存在感を示しています。私が子供の頃は、普通に近所にいたんだけど。二十一世紀の日本における自然感覚がうかがえます。

「もういい」と鍤を取り上げ蛸探す父膝下の海ぐらぐらと

（うえだ・男・20歳）

〈私〉はうまく「蛸」を突けなかったのでしょうか。空と海が息づく迫力。そして、その一部になっているような「父」の凄みが感じられます。「蛸探す／父　膝下の／海ぐらぐらと」という空白を含んだ切れ方も緊迫感を生んで効果的。

子供らが田舎で育つありがたさ雪の中まぶしいランドセル

（綿壁七春・男・29歳）

「雪の中まぶしいランドセル」の印象が鮮烈。こちらも「雪の中まぶ／しいランドセル」という句にまたがる切れ方が、眩しさをいっそう強めているようですね。同じ作者の「漁港にはトラックと船エンジンのうるさい中で魚がはねる」も臨場感溢れる秀作でした。

雨の日は臍の緒ばかり散らばって蛙は消えるあの子は泣いた

（冬野きりん・女・20歳）

言葉の並びはシュールでありつつ、生命の連鎖に関わる「臍」を中心とした世界像が鋭く描かれています。「蛙」と「あの子」はその中に入れない存在なのでしょうか。

では、次に自由題作品を御紹介しましょう。

神無月老人ホーム窓の中過半数が挙手をしており

（モ花・女・27歳）

何のための「挙手」なのか。怖い質問に対して答えている姿のように思えてしまうのは何故だろう。おそらくは現実に見かけた光景でありながら、初句の「神無月」と響き合うことで、それ以上の詩的な感覚が生まれています。

筆圧の強いあの子が今日は来たイヤホン外して「かりかり」を聴く

（神宮一樹・男・18歳）

作者コメントによると、図書館での出来事らしい。気になっている「子」なんでしょうね。その「子」がペンを走らせる音を聴くために「イヤホン」を外すとは、なんという想いの繊細さ。「筆圧の強いあの子が今日は来た」というリズムにも喜びが溢れているようです。

トーストに塗ったジャムにも見えるんだ　この道に映る赤信号は

（八号坂唯一・男・27歳）

「赤信号」自体ではなく、夜の道に滲むように映った姿が詠われています。その切り口と「トーストに塗ったジャム」の比喩に新鮮さを感じました。

夏の朝体育館のキュッキュッが小さな鳥になるまで君と

（木下ルミナ侑介・男・25歳）

「キュッキュッ」は動き回るシューズの音でしょうか。それが「鳥」になるって感覚が素晴らしい。「夏の朝」も効いていますね。同じ作者の別路線の作で「ニャアニャアと鳴いてる猫にそっくりな生き物をみな猫と呼んでる」「たやすく『ウーウー唸る人』に

なれる　ウーウー唸るただそれだけで」も面白かったです。

ぐちゃぐちゃにカレーをまぜて食う彼とカーセックスを一回しました

（モンキー高谷・女・29歳）

「彼のすることとって、絶対自分では思いつかないようなことなのでいつも笑っていられます」との作者コメントがありました。「ぐちゃぐちゃ」の「カレー」と「カーセックス」の微妙な繋がりがいいですね。「カレー」「食う」「彼」「カーセックス」とカ行音の連鎖がつくったドライブ感も。

内緒って人差し指をあててくるバンドエイドの匂いをつれて

（みっこ・女）

「バンドエイドの匂い」がポイント。これによって、一気に現場のリアリティが増しているようです。

舌に舌で文字書くように愛してよ毛布吹雪基地躊躇夜

（こゆり・女・26歳）

「毛布吹雪基地躊躇夜」が意味的に緩く繋がりながら、同時に尻取りになっています。これが「舌に舌で」書いた「文字」だとすると、画数が多い方がエロいことになるけど、そんなシチュエーションで「躊躇」が書けるなんて凄い学力、という面白さがあります。

次回は「体」をテーマにした作品と自由詠を御紹介する予定です。

次の募集テーマは「味」です。視覚、聴覚、嗅覚、触覚、そして味覚。そんな五感のうちで最も詠われることが少ないように感じます。挑戦してみてください。また自由詠は常に募集しています。どちらのテーマも何首までって上限はありません。どんどん送ってください。

体《テーマ》

今回のテーマは「体」です。前回の「自然」同様に、昔とは詠い方が変わってきているようです。「体」も「自然」の一部だから、当然かもしれませんね。自分の「体」をどこかモノのように捉える眼差しが印象的でした。

もうもうと湯気出す肩で息をしてまだ走ってる仲間眺める

（サタケ・男・20歳）

部活の歌でしょうか。珍しく生々しい「体」を感じました。細かい説明をすることなく、「まだ走ってる仲間眺める」だけで読者に状況を感じ取らせるところも巧みだと思います。

ムカつくなチャームポイントは足の指きれいな顔して言う女優さん

（森響子・女・27歳）

「他に言うとこあるだろって思いますよね」という作者のコメントがありました。確かに。手の指ならまだ頷けるけどね。ストレートなムカつき方がいい。最後まで「女優さん」の一語が伏せられているのも。

心臓で封をしたので心臓がなくなってくるしいです、よんで

（一戸詩帆・女・21歳）

ハート型のシールでラブレターの封をしたってことかな。一般的な習慣になっているけど、それを本来の意味に戻したところが新鮮。「心臓」は一個しかなくて、それをあ

げるってこと。「なくなってくる／しいです、よんで」という下句の変則的な切れ方が苦しさを表しているようです。

あなたのそのキュピンと光るつむじの中に吸い込まれそう雨上がったね

（深田海子・女・24歳）

好きって感覚が「つむじの中に吸い込まれそう」って表現されているところに惹かれました。「キュピンと光る」がまた凄いですね。「キュピン」なんてちょっと思いつかない。細胞レベルで好きなのがわかります。

冬の朝窓開け放ちてあおむけば五体にひろがりやまぬ風紋

（寺井龍哉・男・17歳）

「こうやってだんだん目が覚めるのを待ちます」との作者コメントがありました。ほとんど存在そのものを味わうように自らの「五体」を感じているのがいい。

身長と靴のサイズが合ってない君は巨人を飼い慣らしてる

（りっこ・女・24歳）

「身長」に比べて「靴のサイズ」が大きいんでしょうね。子供の頃は、きっとこれから大きくなる、と云われ、小さいまま大人になった今も、潜在的には「君」は大きい人にちがいないって話。「巨人を飼い慣らしてる」っていう表現がユニークです。

今あたしエンドロールを眺めてる君の体温右に感じて

（泡凪伊良佳・女・16歳）

映画館でのデートの歌。周囲が暗いこともあって、スクリーンを夢中で観ているときは、「体」の存在を忘れていることがある。でも、「エンドロール」に到って、それが戻ってきたのでしょう。「あたし」には「体」があって、「君」にも「体」があって、今こうして並んでいるんだ、と。

年を取り目が細くなり鏡ではその細い目で前髪チェック

（綿壁七春・男・29歳）

なんだろう、奇妙な面白さがありますね。身も蓋もないようなことを云ってるんだけど、その中に、素敵でスイートな歌にはない味わいが潜んでいます。

では、次に自由題作品を御紹介しましょう。

俺なんかどこが良いのと聞く君はあたしのどこが駄目なんだろう

（泡凪伊良佳・女・16歳）

ストレート感に胸を打たれました。「俺なんかどこが良いの」って一見控えめなようで、実は深い拒絶の言葉ですよね。「あたし」はちゃんとわかっていて、真っ直ぐに受け止めている。「あたし」では「駄目」だ、と「君」が云ってるってことを。

未来から来ました的なテンションで肩組み合ってプリクラ撮ろう

（小林晶・女・28歳）

「未来から来ました的なテンション」が面白い。「未来」にはたぶん「プリクラ」はないから、嬉しいんだろう。特殊な「テンション」を生み出す装置としての「プリクラ」の特徴をうまく捉えています。

焼肉屋白いちいさな飴ちゃんの服をぬがせる君は可愛い

（伊藤ハムスター・女・24歳）

「焼肉屋さんで食べた後にもらえる飴を、すぐに食べちゃう女の子は、かわいいと思いました」との作者コメントがありました。不思議な可愛さとエロさを感じます。「白いちいさな」「服をぬがせる」もさることながら、「飴ちゃん」の「ちゃん」づけが効いている。

黒ねこと黒ねこは親戚だからきみと私は他人なんだね

（シラソ・女・25歳）

似ている＝「親戚」、似ていない＝「他人」、という発想かな。「だから」の使い方が普通とはちがっている、というか論理が微妙にずれていて、そこに恋の思い込みの強さが宿りました。

行ったのか待てば来るのかバス停で本当のことはわからずにいる

（高橋徹平・男・34歳）

途中までは確かに「バス」の話なのに、最後まで読んでみると、それ以上の何かについて詠っているように感じます。ポイントは「本当のことは」って云い方か。ここで世界が広がっているようです。私たちはみんな「バス停」にいて「本当のことはわからずにいる」のかも。

次回は「味」をテーマにした作品と自由詠を御紹介する予定です。

次の募集テーマは「エロ」です。前にもセクシャルな歌として募集した回があったんだけど、何度繰り返してもいいテーマだと思うので、また、やりたいと思います。短歌の世界では「性愛」などと云われますが、必ずしも性に直接関わらなくても、「エロ」はできると思う。意外な歌を期待しています。また自由詠は常に募集中です。

テーマ 味

今回のテーマは「味」です。ストレートに味覚を詠ったものから、ユニークな変化球まで、まさに「味」のある歌が揃いました。

奥の歯にはさまる肉から滲みでるかすかな味の生々しさは

（うえだ・男・21歳）

鋭い感覚ですね。ステーキのような肉の塊を食べているときよりも、むしろこの方が生々しいのは、どうしてなのか。自分が他の生物の命を食らって生きていることを思い出させる「味」だと思います。

雨が降る赤信号の味がする止まる横断歩道真ん中

（綿壁七春・男・29歳）

こう云われてみると、「雨」の日の「赤信号の味」って、確かにあるような気がします。微かに酸っぱいような「味」かなあ。口に入れないものにもさまざまな「味」があって、それを感じるところが面白い。

誰の味方でもない冬の満月のひとりひとりに等しい無慈悲

（虫武一俊・男・29歳）

そういえば「味方」ってどうして「味」なんだろう。「ひとりひとりに等しい」の「ひと」「ひと」「ひと」という三連発がリズムを作り出しています。それを「むじひ」で受けるのもいい。

「この涙、薬の味する」めちゃくちゃの
箸使いしてスーパーの寿司

（モ花・女・27歳）

「涙」が「薬の味」で、「箸使い」が「めちゃくちゃ」で、「寿司」は「スーパー」の……、これらの要素の組み合わせによって、今を生きている人間の存在感とテンションが絶妙に表現されています。我々に与えられているのは、こういう悲しみなんじゃないか。

鉄分が不足しているその期間車舐めた
い特に銀色

（九螺ささら・女・42歳）

「女性が鉄分不足になりがちなその期間、通常とは少し味覚が異なるようです。私の場合、銀色の新車にぺったり舌をくっつけて、ゆっくり舐めたくなります」という作者コメントがありました。その感覚がこんな風に作品化されると、走ってくる車を襲って舐めるみたいな、なんともシュールな魅力が生まれています。
同じ作者の「味の素かければ命生き返る気がしてかけた死にたての鳥に」の、異様な儀式にも惹かれました。

岐阜羽島を出たころ食べた梅グミの味をのこして目覚める品川

（こゆり・女・26歳）

「実家から戻ってくるとき、東京なんて近いもんだと自分に言い聞かせています」との作者コメントあり。「味」によって「距離」が測られている不思議さ。「梅グミ」というところに臨場感がありますね。

ハチミツのときは熊です ヤキニクの
ときは虎です 今は僕です

（三崎利佳・女・21歳）

目の前の食べ物によって「僕」の方が変化するのか。「ヤキニク」を前にがるがるするような、こういう気分ってわかります。でも、それをこのような形で表現するのは決して簡単なことじゃないと思う。五七・五七・七というリズムも効果的ですね。

では、次に自由題作品を御紹介しましょう。

青信号のなかで歩いてる人が歩いてく
のを見たことがない

（一戸詩帆・女・21歳）

「『とまれ』も『すすめ』もほんとは止まってるなあ、と」という作者コメントあり。

確かにその通りですね。彼が本当に歩いていってしまったら、「信号」は空っぽになってしまう。でも、とふと思う。もしかしたら、私たちもいろいろなことをしているようで、本当に何かをしたことは一度もないのかもしれない。

その傷がまぶたとなってひらいたらおそろしいからガーゼを当てる

（徳毛圭太・男・27歳）

「傷」が「まぶたとなって」ひらくなんて、想像すると怖い。でも、その一方で、どこか魅力的でもある。単なる出鱈目なイメージではないところに、現実を超えた世界の可能性に対する感度の高さを感じます。

もしもしを繰り返してたらもしもしの意味を忘れて動物みたい

（シラソ・女・26歳）

「もしもし」の本来の意味は呼び掛け。でも、何度も繰り返しているうちにその感覚が剝がれて、決まり文句になり、さらにはただの音になってしまう。それはもはや動物の鳴き声と同じってことでしょうね。音数の扱いを微調整させてもらいました。

同じ作者の「ひとりきり腕に耳あて聞いているこの行進は永遠じゃない」「夜という冷たい肉をつらぬいて遠く電車は魚の骨」の孤独感そしてイメージの美しさも魅力的でした。

水筒を覗きこんでる　黒くってきらきら光る真夏の命

（木下ルミナ侑介・男・25歳）

水筒の中の黒い光に「真夏の命」を見るところがいいですね。自分自身の内側に充ちている命の反映なのでしょう。

来年もよろしくと言ったあの人は知らないうちにオムレツの彼方

（エイシャ・女・22歳）

「オムレツの彼方」ってなんだろう。意味不明だけど、妙に心地よい語感ですね。何かのタイトルに使えそうな。作者コメントによると「私の食べ物の好みをよく知ってくれていた学食の男性が、いつの間にか、居なくなってしまいました」ってことらしいけど、それを「オムレツの彼方」って表現したところが素晴らしい。

次回は「エロ」をテーマにした作品と自由詠を御紹介する予定です。

次の募集テーマは「距離」です。遠距離恋愛とかホームランの飛距離とか目と目がちょっとだけ離れてるところが可愛いとか、いろんな「距離」があると思います。意外な歌を期待しています。また自由詠は常に募集中。どちらのテーマも何首までって上限はありません。どんどん送ってください。

テーマ　エロ

今回のテーマは「エロ」です。さまざまな作品が送られてきて、どきどきしながら読ませて貰いました。

もう二度といかないと決め逃げ出した
知らない色したきりんの舌が

（深田海子・女・25歳）

「きりんが好きだったのに、口からにゅるっと出た何とも形容し難い恐怖の色をした舌をみたとき、何か見てはいけないものを見たようで泣きそうになりました」との作者コメントがありました。「きりんの舌」に着目したのが新鮮。加えて「知らない色」っていう云い方がいいと思います。実際にはなんか紫っぽい色ですよね。

全身の鍵が一つずつ開けられてみずたまりとなり夜に落ちてる

（九螺ささら・女・42歳）

女性のおそらくは性的な身体感覚が鋭く表現されています。「全身の鍵が一つずつ開けられて」はまあわかるけど、それが「みずたまりとなり」さらに「夜に落ちてる」とは素晴らしい。発光しているように感じられます。

女子便所からもおんなじ空が見えおなじ身体の向きになるはず

（寺井龍哉・男・18歳）

「女子と同じ体勢をしている、それだけで何となくそわそわしています。童貞なので」との作者コメントあり。胸を打つものがありますね。遠いものや微かなものでどきどきできるって童貞の特権だと思います。そういえば小学生の頃は辞書に載ってる性的な言葉で興奮できたっけ。

狂犬病予防注射の貼り紙の前であなたに胸をもまれた

（モンキー高谷・女・29歳）

不穏なテンションのある歌。「狂犬病予防注射」の変化球から「胸をもまれた」のストレートに転じるところが魅力的です。

「メグミルク、メグミルクって言ってごらん」海パンいっちょであなたは笑う

（中森つん・女・26歳）

「メグミルクって名前がどうしても卑猥に聞こえるのは私だけなのでしょうか」との作者コメントがありました。「恵＋ミルク」で精液っぽいイメージなのかな。エロいって

こともあるけど、それ以上になんか笑えますね。突然出てくる「海パン」がポイントでしょうか。

一度でも全部に触っていたいから下から上まで鍵盤を押す

（たかだま・女・21歳）

ああ、これはやりますね。同時に全部の鍵盤を押してみる。どうしてやってみたくなるんだろう。征服欲か、或いは、完全なコミュニケーション欲なのか。でも、確かに性的な場面においても、目の前の相手に対してこんな感覚が呼び起こされることがあると思います。

「こんなこと皆に知れたら怒られちゃう」みたいなことをされているらし

（玉屋ともみ・女・30歳）

こういうことをわざと云って喜ぶタイプのひとっていますね。「みたいなことをされているらし」という、どこかとぼけた受け方が上手い。本人の見解が述べられないところがポイント。

おそろいのブラとパンツを買いました（体育はこれ着て臨みます）

（水無月・女・14歳）

「体育」に意表をつかれました。これはセックスの比喩などではなく文字通りの「体育」と読みたい。その健全さが逆にエロいような気がします。ここが「デート」では全く駄目ですね。

では、次に自由題作品を御紹介しましょう。

来ないからあたし大人になっちゃった
放課後の君はノストラダムス

（1999・女・29歳）

「ノストラダムス」の予言が当たっていたら、「あたし」は「大人」にはならなかった。勿論はずれた方がいいに決まっている。でも、その予言を思い出のように詠うことで、未来の全てを漠然と怖れていた青春の時間が鮮やかに甦るようです。

フィルターが柔らかいただそれだけで
泣ける日もある十九の冬に

（沢村雪穂・女・20歳）

煙草の歌でしょうか。昭和時代の演歌みたいな感覚が逆に新鮮です。「十九」が、本来は煙草が吸えない歳であるところも効果的。

子供用スニーカーを履く年寄りの輝くような淡い虹色

（小林晶・女・28歳）

単にサイズだけなら確かに合うと思うけど、その光景を想像すると、奇妙な怖さがありますね。現在という時の怪しいリアリティを捉えているように感じます。

そういえば朝一番に学校に来てあの人の席に座った

（會澤友里子・女・18歳）

「そういえば」というにはずいぶん特殊というか意図的な行為だと思います。明らかに愛情に関する歌でありながら、なんの感情も交えずに書いているところがいいですね。

正しさが欲しかったから25時赤信号にひとり従う

（都季・女・23歳）

車の全く通っていない道だと思います。けれど〈私〉は真夜中の「赤信号」に敢えて従う。その理由が「正しさが欲しかったから」ってところに痺れます。この云い方によって独特の孤独感が宿りました。

次回は「距離」をテーマにした作品と自由詠を御紹介する予定です。

次の募集テーマは「声」です。「声」と話し方で印象が変わることって多いですよね。勿論、人間以外の「声」でもＯＫ。意外な歌を期待しています。

また自由詠は常に募集中。どちらのテーマも何首までって上限はありません。どんどん送ってください。

テーマ

距離

今回のテーマは「距離」です。㎜から光年までのさまざまな「距離」たちと心の関係が興味深かったです。

ラーメンを食べてうとうとしていると
ゴールしていた男子マラソン

（綿壁七春・男・29歳）

ああ、ありますね。自分がぼんやりと怠惰な時間を過ごしているとき、どこかの誰かが懸命に生きている。普段は薄々そう感じていても、実際にはわからないから平気でいられる。でも、この歌のようなケースでは、目の前に証拠を突きつけられた気持ちになります。テレビの中の眩しい人々。

菌とかになってあなたが磨かない奥歯の奥で暮らしてゆきたい

（弱冷房・男・21歳）

物凄く小さな「距離」の世界。愛の歌でありながら、「あなた」からは歓迎されることのない「菌」をイメージしたところがユニークです。

長距離ランナー型・短距離ランナー型・六畳間這いまわり型

（原田・女・38歳）

「人の性質をランナーにたとえることがありますが自分はどちらにも当てはまらないと思い、あえてたとえるならこれかなと」との作者コメントがありました。いいですね。特に「六畳間」が情けなさを一層強化する効果をあげていると思います。

すぐ傍のもどかしいほど近い指泣きそうなほど遠ざかる君

（泡凪伊良佳・女・16歳）

「指」は近くにあるのに「君」は「遠ざかる」。いや、近くにあるからこそ「遠ざかる」のかな。時計の時間と心の時間が異なるように、「距離」にも二種類あることがよくわかります。

当事者にはなれないことを受け止める空のシャンプー連打する朝

（おりゅう・女・30歳）

手応えで「空」だとわかっても、「連打」してしまうことがあります。信じられないからか、焦るからか。作者のコメントを読むと、震災への思いを詠っているようですね。「距離」を痛感しているのでしょう。直接連想させるような言葉を消すことで、歌が普遍性をもったと思います。

なにをしてもいいと言われてきたけれどすべてがわたしから遠ざかる

（虫武一俊・男・30歳）

「大人になってから言われる『自由』って、こういう感じがします」との作者コメントがありました。外から無理矢理押さえつけられるのとはまた違った無力感が、「遠ざかる」という云い方で生々しく伝わってきます。

太陽はキャンプファイアー　月はぼく地球はあなた　星は星のまま

（岡本雅哉・男・38歳）

ポイントは「星は星のまま」。「地球」が「ぼく」じゃなくて「あなた」っていうところもいいんだけど、最後に脇役である筈の「星」が「星のまま」と記されたことで、臨場感と切なさが一気に高まりました。

では、次に自由題作品を御紹介しましょう。

カーテンのチェックの柄の法則を見破るだけで終わった日など

（たかだま・女・21歳）

そういえば「チェック」には固有のパターンがありますね。「法則」「見破る」って言葉の選択がとてもいい。現世的な価値を全く生むことのない考えや振る舞い、それだけがもつことのできる煌めきを感じます。「現世的な価値」を認め、求めることは、今存在する世界を強化すること。それに対して、無為の煌めきの中には、今はまだ発見されていない未来の宝石があるのかもしれません。

「まだそんな幼いことをやってるの」言いつつ涙溢れるばかり

（えむ・女・21歳）

「幼いこと」が具体的に何を指すのかはわからない。でも、そう云いながら〈私〉の目からは「涙」が溢れている。「幼いこと」をただ非難しているわけじゃなくて、むしろ深い共感を寄せているように見える。その矛盾を含んだ反応の純粋さに胸を打たれます。

同じ作者の「公園の隅に立ってる人の影　口を開いて猫を飲み込む」の怖さ、そして「何回もキュッキュッと直すポニーテールあなたが好きな高さどのへん？」の輝きにも、惹かれました。

大仏は俯きながら思案する（鶯餅か天麩羅蕎麦か）

（九螺ささら・女・42歳）

不思議なほのぼの感の魅力。真面目な顔で、そんなことを考えていたんですね。「鶯餅」と「天麩羅蕎麦」の組み合わせが絶妙です。漢字ばかりのところもさすが「大仏」って感じ。

奇数でも偶数でもないかずがあるかれはどこへいくのだろう

（零・女・13歳）

「奇数」とか「偶数」といったこの世の尺度では計ることのできない魂を連想、と云いつつ、本当は全ての魂はそういうものにちがいない。ということを思い出させてくれる歌。

水ココイルジステアリン酸グリコール ラウリン酸 このシャンプーはある

（山田甘三・男・25歳）

列記されているのは、「シャンプー」の成分表示でしょうか。それを見つめた、或いは読み上げた挙げ句の結論がいいですね。「このシャンプーはある」。「ある」っていうのが素晴らしい。見て、触って、泡立てても、「ある」という確信がもてなかったのか。

次回は「声」をテーマにした作品と自由詠を御紹介する予定です。

次の募集テーマは「欲望」です。ひとによって随分ちがいますよね。そして歳を取るにつれて変化もする。意外な歌を期待しています。また自由詠は常に募集中。どちらのテーマも何首までって上限はありません。どんどん送ってください。

テーマ　声

今回のテーマは「声」です。「声」って目には見えないけど、心との距離が意外なほど近いみたいですね。表情や言葉よりもコントロールできないからかなあ。

声優を声優さんと呼んでいるあの子に呼び捨てされていた日々

（よるこ・女・19歳）

新鮮な痛みを感じます。これは想像では書けない種類の歌じゃないかな。特に「声優さん」が効いていますね。基本的には「声」だけの存在だからでしょうか。これによって、生身の〈私〉が「呼び捨てされていた」ことの衝撃がより大きくなっている。

エックス線技師は優しい声をして女の子らの肺うつしとる

（猿見あつき・女・21歳）

「優しい声をして」次々に心を盗むんじゃなくて、「肺うつしとる」。痛みもなく無害に見えて放射線が使われている「エックス線」。それを司る存在の優しくて怖い感触が、うまく表現されていると思います。

ソプラノの友が作った春サラダテノールの友のタンシチューに添え

（九螺ささら・女・42歳）

「ソプラノ」と「テノール」の料理、ユニークですね。ふたつの声が「春サラダ」の「春」と瑞々しく響き合い、また「タンシチュー」の「タン」と不気味に響き合い（舌がないと歌えない）、複雑で魅力的な味わいを生み出しています。

こえがわりって痛いですかと少年に訊かれて木々のさみどりを見る

（虫武一俊・男・30歳）

反射的に「全然痛くないよ」と答えかけて、ふと言葉がとまる。本当は痛いのかもしれない。でも、「こえがわり」をした後はもう別人になってしまうので、そう思わないだけ。そんな感覚に囚われます。「少年」＝過去の〈私〉自身なのかもしれませんね。

「いま、うしろに隠したものを見せなさい！」という声がきれいだった母

（鈴木美紀子・女・47歳）

「声」はしばしば言葉を乗せているんだけど、でも、単なる乗物ってわけじゃない。その内容とは別の「声」自身の印象というものがあります。笑顔よりも怒り顔が魅力的なひとがいるように、叱っているときほど「きれい」な声があるのかも。

女子達のひざ下輪の中撫でている飛び立ちそうに泣いてるハルナ

（モ花・女・28歳）

「飛び立ちそうに」がいいですね。実際には泣き崩れているのに、この世界から「飛び立ちそう」なんだ。「泣き声って一瞬何なのかわからない事が多いです」という作者コメントも鋭いと思います。

ひとつだけ残った餃子しまうとき何で僕なの?と声が聞こえた

（ゴニクロイ・女・31歳）

「我が家では、昔から残した食べ物にアテレコしていました」との作者コメントがありました。面白いですね。「何で」ってことはない、ちょっとした偶然、強いて云えば運命だよ。餃子に向かってそう答えるとき、何だか神様になった気分。

では、次に自由題作品を御紹介しましょう。

針に糸通せぬ父もメトロでは目を閉じたまま東京を縫う

（木下龍也・男・23歳）

さり気なく見えるけど、「メトロ」がうまいですね。地上を走る電車ではここまで「東京を縫う」感じが出ない。それから景色が見えない「メトロ」では人々は目を閉じやすい印象がある。そのような実感が詩的次元における縫い物に結びついているようです。

制服で泣いたあたしが馬鹿でした棘のない薔薇で血まみれの手

（水無月・女・14歳）

「棘のない薔薇」で「血まみれ」になってしまうところに青春を感じます。大人になると実際の「棘」にしか傷付くことができなくなる。「制服で泣いたあたしが馬鹿でした」のどこか演歌的なフレーズにも奇妙な新しさがありますね。

電柱がすべすべであればあるほど燃え上がる猿の心でした

（竹林ミ來・男・29歳）

登りにくいほど挑戦したくなるってことでしょうか。「燃え上がる猿の心でした」って云い方が、ナレーションみたいで面白い。

きみのその深爪し過ぎた薬指にトンガリコーンを嵌めていいですか

（はるの・女・24歳）

冗談めかしているようで、どこか真剣なものを感じます。「トンガリコーン」って、確かにそのために作られた（はずないけど）お菓子みたいですね。

コンタクト?・裸眼?・待ってて当てるからあとすこし君のまっくろな目

（シラソ・女・26歳）

「近づきたい」という作者コメントがありました。いいですね。美しい邪念の魅力。語順を入れ替えてリズムの調整をさせて貰いました。ちなみに原作は「裸眼?コンタクト?・当てるから待ってて　あとすこし君のまっくろな目」。感覚の優れたひとは、リズムを練り上げる習慣もつけたいですね。

左身があわだち歩をとめふり仰ぐ《北見小児科》君と同じ名

（橘ちひろ・女・41歳）

こういうこと、ありますね。自分が何に反応したのか、一瞬、わからない。原因は「君と同じ名」の看板だった。実際は「吉田外科」や「高野内科」だったとしても「北見小児科」にするべき。やはりリズムと響きの問題です。「キタミショウニカ」と「キミトオナジナ」なら音数ぴったりで響きも似てる。これが「ヨシダゲカ」では駄目なんです。

次回は「欲望」をテーマにした作品と自由詠を御紹介する予定です。

次の募集テーマは「恐怖」です。怖いものもまた、ひとによって随分ちがいますよね。僕は小さな子供が大きな犬を触っているところを見ると怖くなるんです。意外な歌を期待しています。また自由詠は常に募集中。どちらのテーマも何首まででって上限はありません。どんどん送ってください。

欲望《テーマ》

今回のテーマは「欲望」です。珍しい「欲望」であっても、詠われてみると案外わかる。というか、自分のなかにも存在するような気がしてきます。新しい領域が開拓されるのかな。

五欲など捨ててしまった美しい私最期におしっこしたい

（奈楽・女）

現世的な「欲望」を全て捨て去ったあとに残った「最期」の欲求が「おしっこしたい」とは、魅力的ですね。意外でありつつ説得力を感じます。

あなたのこと見てるとキスをしたくなるキスとつねるは同じでつねる

（大平千賀・女・28歳）

「欲望」の変形というのでしょうか。「キスとつねるは同じ」の断言がいい。自分では思ったことなかったけど、そう云われるとそうかも。「なぐる」や「ころす」じゃなくてよかったです。

眼鏡ごと顔を覆って泣くキミが繰り返しみる夢に出てくる

（みつこ・女）

〈私〉の「欲望」の琴線に触れるイメージなのでしょう。「眼鏡ごと顔を覆って」が、夢の生々しさを伝えて効果的ですね。切迫感に加えて、「眼鏡」を外してしまうと「キミ」が「キミ」ではなくなってしまうような感触。

きみと手をはじめてつなぎし日の夜に
団鬼六の訃報を聞けり

（寺井龍哉・男・18歳）

下句の飛躍がいいですね。作家「団鬼六」の官能魂を継ぐように、若いふたりは手をつなぎ、キスをして、抱擁を交わし合うのでしょう。「欲望」は永遠。

お願いです。駅構内で不審物を発見しないでください。（駅長）

（弱冷房・男・21歳）

心の声、って感じでしょうか。明らかに奇妙な文章よりも、定型的な文章を少しだけ崩した方が、よりシュールに見えることがわかります。人々の隠された「欲望」がいっせいにオープンになったら、どんな世界になるだろう。案外、今と変わらなかったりして。

ふわふわのキーホルダーに触ってる謝りながらもまだ触ってる

（たかだま・女・21歳）

「謝りながらもまだ触ってる」に「欲望」の深さを感じます。触感に対する執着には性差があるような気がする。「ふわふわ」が好きなのはやはり女性で、男はメカっぽい硬さを好む人が多いような。謝りながらもカシャン、シャキーンとか。

さよならが弾けるときは音の粒まで深呼吸してやりたい

（junko・女・23歳）

「さよなら」の瞬間にも発動する「欲望」がある。この一瞬の感情を隅々まで味わいたい、という思いでしょうか。悲しみも痛みも生きている証だから。

右腕に尖った爪を突き立てる 君の爪ならこれより痛い？

（泡凪伊良佳・女・16歳）

キスや抱擁ではなくて「爪を突き立てる」想像ってところに、切ない本気を感じます。未来の繋がりを求める心。

では、次に自由題作品を御紹介しましょう。

旅先の乗換駅にもNOVAがある神さま意外と丁寧ですね

（山本まとも・男・25歳）

下の句への転換がなんともユニーク。「絨毯の下の木目だとか、知らない家の玄関の遊び道具だとか、私が認識しないまま死んでもいい細部も作りこまれているのを見たときに、世界の確かさを少し感じます」との作者コメントがありました。この感覚わかります。フェイントをかけて振り向くと世界は真っ白なんじゃないか、という疑念を捨てきれない。

図書館の駐輪場にあるチャリに札がついてる「僧侶専用」

（はつにか・女・19歳）

やはり世界の細部の発見がポイント。「僧侶専用」がこちらの予測を超えていて、神様の丁寧な仕事ぶりを感じる。ってことは世界って本当にあるのかなあ。近代以降の短歌には、このような細部の見つけ合いみたいなところがあると思います。

おばさんが私を心配しています頭を撫でる男はやめろ

（小林晶・女・28歳）

「おばさん」の意見鋭いですね。「頭を撫でる男」は、一見優しいようでいて、女を主体的な存在として見ていない、ってことでしょうか。経験の力を感じます。

方面の混み合っておりお掛けなお100万回目のつぎはぎの声

（伊藤真也・男・37歳）

「震災直後の歌です。原発10㎞圏内に住む大切な人と連絡が取れず、気絶しそうになりながらリダイヤルしていました」との作者コメントがありました。「つぎはぎ」にしか意識に入ってこない「声」に、ぎりぎりの心理が生々しく表現されています。

「小物入れ」に「小物入れ」ってつけた人「小物入れ」への愛情がないわ
（なまやけ・女・16歳）

「小物を入れるから『小物入れ』なんてネーミングあんまりだとおもいませんか？　たとえば物を収納する道具だったら『蝦蟇口』とおなじくらいの茶目っ気はほしかった」との作者コメントあり。なるほど。短歌のリズムに乗せて連呼されると、心打たれるものがあります。そこまで考えて貰って「小物入れ」は感激したと思う。

次回は「恐怖」をテーマにした作品と自由詠を御紹介する予定です。

次の募集テーマは「年齢」です。歳を取って初めてわかることってありますよね。逆に忘れてしまうことも。子供の頃の時間感覚をもう一度味わってみたい。今あの中に投げ込まれたら麻薬的な快感を覚えるんじゃないか。意外な歌を期待しています。また自由詠は常に募集中。どちらのテーマも何首までって上限はありません。どんどん送ってください。

恐怖《テーマ》

今回のテーマは「恐怖」です。楽しい歌がいい歌とは限らない。悲しい歌がいい歌とも限らない。でも、怖い歌は必ずいい歌。不思議ですね。楽しいとか悲しいに比べて怖いって感情は、人間の心のより深いところに根ざしているからでしょうか。

父の小皿にたけのこの根元私のに穂先を多く母が盛りたる

（中山雪・女・23歳）

これは怖い。「穂先」の方が柔らかくておいしいんだよね。「母が小皿にそれを盛るとき、父も母自身もそっちのけで私の小皿の穂先は多くなる。私は現在二十三だが、昔から変わらずに母が母であり続けることがひどく怖ろしい。母親は人に戻れないのかと、そう思う」との作者コメントも鋭い。永遠に盲目的な母性愛の怖さ。字余りだったので音数の微調整をさせて貰いました。

試着室くつを脱ぐのかわからない　わからないまま一歩踏み出す

（竹林ミ來・男・29歳）

こういう瞬間ってありますね。不安が恐怖にまで高まる感覚。「わからない」の繰り返しが、それを煮詰めてゆく。「試着室」の場合は、間違ってもせいぜい注意されるだけで、命に関わらないからいいけど、その一瞬の判断の誤りが致命傷になる局面も有り得ると思います。

「元気をもらいました！もっと元気をください！」と迫り来る少女たち

（九螺ささら・女・42歳）

コミカルでありつつ、やっぱり怖い。いつ頃からか、「元気」や「勇気」が与えたり貰ったりするものになった気がします。この歌の怖さも、そんな現状の異様さの上に成立しているんじゃないかな。

咳みたいなくしゃみをしてるきみの足上履きの名はきみとは違う

（葛生涼香・女・17歳）

「あの子が本当にあの子なのか分かりません」という作者のコメントがありました。信じていた同一性が、突然、揺らぐ怖さ。親しかった相手なら一層衝撃は大きい。「上履きの名はきみとは違う」に、鳥肌が立つような感覚がある。

急停止ブレーキ音が鳴り終わり車掌がしゃべるまでの沈黙

（木下龍也・男・23歳）

事故そのものではなくて「沈黙」に注目したところがいいですね。その間、車内の乗客全員の脳内をマイナスの想像力が駆け巡る。

リカちゃんのボーイフレンドがワタルくんでなくなった日にむかえた初経

（深田海子・女・25歳）

「リカちゃんのボーイフレンドはワタル君だと思い込んでいたのですが、ある日玩具売場に行くとイサム君になっていて衝撃を受けました」との作者コメントがありました。そのショックと「初経」の結びつきにさらなる怖さを感じます。「リカちゃん」にも元カレありか。

ジーンズのチャックが垂直に立つの見て男子はこんな感じ？　と思う

（はつにか・女・19歳）

そうか、恐怖なのか。「ジーンズのチャック」からの連想、そのリアリティに心を打たれます。一見遠いようで確かに近い。

ゆいちゃんの黒髪触れたみきちゃんのパパは真夏に姿を消して

（森響子・女・28歳）

これも怖いですね。「ゆいちゃん」と「みきちゃん」は、お友達なのでしょうか。それまで抑え続けていた何かが「黒髪」に触れたとたんに目覚めてしまった、そんな感覚。

では、次に自由題作品を御紹介しましょう。

透きとおる回転扉の三秒の個室にわたしを誘ってください

（鈴木美紀子・女・47歳）

「回転扉」を束の間の「個室」に見立てる鮮やかさ。透明でしかも「三秒」だけの限りなく儚いふたりの部屋に「誘ってください」という、その想いに切なさを感じます。

赤青のカスタネットをかじりつつ運命線が脈打つ前夜よ

（小川真穂・16歳）

明日決定的な何かが起きる、という予感は青春の特権。「カスタネット」をかじってしまうほど待ち切れないのか。「赤青」にも運命の分岐のイメージがあると思います。

すごい雨だったんだねと一滴の滴も浴びていない私に

（小林晶・女・28歳）

それなのに何故、わかったのか。「私」が気付いていないだけで、簡単な理由があるのかもしれないけど、一瞬、アイデンティティが揺らぐような怖さを覚えます。

固定された椅子を何度も引いてしまう距離感のほうを調節する

（大平千賀・女・29歳）

「背の低い自分にとって、ファミレス等の固定された椅子には戸惑うことが多いです」との作者コメントあり。「椅子」を引くことを諦めて、自分の「距離感のほうを調節する」ところに味わいを感じる。無軌道な情熱を込めた歌は多いけど、その逆の静かな現実的対応を詠った秀作は珍しい。

この赤い手すりの下に動脈が埋まっている
はずエスカレータの

（ゴニクロイ・女・31歳）

そう云われると、あの「手すり」って手触りが皮膚っぽくて温かくて振動してて、妙に動物めいたところがありますね。言葉で世界像が変容する面白さと凄み。

ポケットから落ちてく財布キャッチし
て平行世界のこちらの僕です

（弱冷房・男・21歳）

「ミスを未然に防げた時やその逆の時、世界が2つに分かれる感じがします」との作者コメントあり。「平行世界」のあちらの僕は「キャッチ」できなかったんですね。「落ちてく」の進行形がスローモーションのような今を感じさせてとてもいい。

次回は「年齢」をテーマにした作品と自由詠を御紹介する予定です。

次の募集テーマは「植物」です。最も沢山詠われた「植物」はなんだろう。「桜」かな。「苔」とか「竹」とか「海藻」とか「キノコ」とか、不思議な仲間もいますよね。あ、「キノコ」は実は植物じゃないらしいけど。自由詠も募集中。

テーマ
年齢

今回のテーマは「年齢」です。普段はほとんど忘れているんだけど、何かのタイミングでそれを意識することがある。自分の「年齢」、親の「年齢」、子供の「年齢」、恋人の「年齢」。ユニークな切り口の作品が集まりました。

あいづちを打っていたのが霊園のセールスだっただなんて父が

（古屋賢一・男・31歳）

「父」がその種の営業電話の相手をするのは珍しいことなのだろう。しかも、それは「霊園のセールス」だった。「父」が自らの死を視野に入れていることを初めて知っただ。

〈私〉の動揺が伝わってくる。「父が」には、「あの父が」というニュアンスがありそうだ。

小4になったよっちゃんグミのこと固形ゼリーと言わなくなった

（モ花・女・28歳）

想像では書けないリアリティがありますね。「グミを固形ゼリーと言うようなよっちゃんは（たぶん彼女のお母さんがグミをそう言っていたのだと思います）、皆に馴染めませんでした」との作者コメントがありました。「グミ」を「固形ゼリー」と呼んで仲間はずれになってしまう小3の「よっちゃん」に不思議な光を感じます。

おかあさん死なないでと掛け布団につかみかかる86歳のわたし

（滝谷侑紀奈・女・24歳）

「おかあさん」は確実に100歳以上ですね。「つかみかかる」という表現が怖さを増す効果を上げています。怖い歌はいい歌。

戦争はもうなかったよ　飴を噛む六歳にとって私はおとな

（こゆり・女・27歳）

「六歳」から見ると、大人は自分から果てしなく遠い存在なのだろう。だから、「戦争あった？」という質問が飛び出したのだ。「戦争はもうなかったよ」という答だけを記したところがいいですね。私も「恐竜いた？」と訊かれたことがある。「うん。こわかった。友達が何人も食べられちゃったよ」と教えてあげました。

享年は書かれてないのね牛肉の細切れ
肉のパックの表示に

（田村樹香・女）

批評性のある歌。「享年」と「牛肉」という言葉の組み合わせにどきっとさせられました。「肉のパックには、加工日と消費期限は記載されていますが、牛の命日や殺された時の年齢などは記載されてないんですね」との作者コメントがありました。確かに。レストランのメニューに「乳飲み仔牛のなんとか」などと書かれていることはありますね。でも、それは、柔らかくておいしいよ、という意味。

今はただ結婚式の二次会へ向かう電車
でかさぶたを剥ぐ

（一・男・23歳）

「結婚式」によって人生の駒を進めようとする二人と〈私〉との対比が面白い。特に

「二次会へ向かう電車でかさぶたを剝ぐ」の虚しさがとてもいいと思います。何の役にも立たない行為だから。

幻か。愛していると思ってた。見たこともないこどものあなたも。

（ジュン・女・52歳）

目の前の「あなた」の中に「こどものあなた」の姿を見出したのだろう。そう云えば、何かの拍子にその人の子供の頃の表情や口調や動作が透けて見えることがありますね。今の「あなた」に対する愛が冷めるとき、「こどものあなた」へのそれも同時に冷めるのかも。

では、次に自由題作品を御紹介しましょう。

ハブられたイケてるやつがワンランク下の僕らと弁当食べる

（うえたに・男）

身も蓋も無いところがいい。「ハブられた」「イケてる」「ワンランク下」というベタな表現の連続が、裏返しの詩的価値を生み出しています。この辺りが詩歌の不思議で面白いところですね。素敵っぽい言葉を使ったり、イメージの飛躍を生み出したりすることだけがいい歌への道ではないことがわかります。一首からは、学校という閉鎖空間におけるカースト制度の残酷さが浮かび上がりました。

消しゴムをかける右手を滑らせて左手小指を消してしまった

（上町葉日・女・19歳）

あっ、という一瞬の出来事だからこそ、錯覚にリアリティが宿った。そんなことも起こりうる、という世界のポテンシャルが可視化されているようです。どんどん消してみたくなりますね。

月の裏だけを見ないで大丈夫あなた唾液で妊娠できる

（れいこ・女・18歳）

「レズビアンの友達が弱音を吐いてたので」という作者コメントを読むと、「あなた唾液で妊娠できる」の衝撃を背後で支える詩的論理がわかります。仮にそれが隠されたままであっても、単なる出鱈目とはちがう切実さを感じとることができると思います。

家がもしお菓子で出来てたとしてもやっぱり床は食べないと思う

（葛生涼香・女・17歳）

そんなこと考えたこともなかったけど、なるほど、と納得。「お菓子」の「家」という定番的なイメージに対して思考停止することなく、本当にそれがあったらどう対応するかを真面目に考えているところが素晴らしい。「お菓子」の「家」があったらいいなー、とだけ思い続けている人よりも〈私〉がそれに出会う可能性は高いんじゃないか。

次回は「植物」をテーマにした作品と自由詠を御紹介する予定です。

次の募集テーマは「パニック」です。いろいろな状況や反応があると思います。私はゴキブリに投げ飛ばされた記憶があるんだけど、冷静に考えるとそんなこと有り得ないから、たぶんパニックを起こして勝手に吹っ飛んだんでしょうね。意外な歌を期待しています。

また自由詠は常に募集中。どちらのテーマも何首までって上限はありません。どんどん送ってください。

植物《テーマ》

今回のテーマは「植物」です。「植物」＝自然、というシンプルな見方の歌は少なくて、人間との対比で詠われるケースが目につきました。

そこに咲く花にいちいち存在の意義を尋ねて被災地に着く

（森響子・女・28歳）

3月11日の震災以降、自分の中の世界像が覆ってしまった。そんな感覚が伝わってきますね。揺れ動きながら、まだ新しい世界像は固まっていない。だからこそ、全ての「存在の意義」が改めて問い直されるのでしょう。「原発」や「人間」に較べて確かな

「意義」をもっているように見える「花」たちも例外ではない。

同じ作者の「〝百本のバラから抽出いたします〟一本の価値さえない私に⁉」もまた「バラ」と「私」の「存在の意義」を比較するスタイルの秀歌でした。

婆ちゃんの初七日済んで裏庭に出れば誰でもない樹々たちよ

（倉岡百枝・男・27歳）

「誰でもない」がポイント。人間はひとつの名前のもとに一生を送る唯一無二の存在。その身近なひとりを喪った心が、「誰でもない樹々」という思いを浮上させたのでしょう。

聞いたことない花の名をあたしの名よりもはっきり言い切った母

（泡凪伊良佳・女・16歳）

「庭に咲いてる花を聞いた時、やけに流暢に答えられて少し複雑な気持ちになりました」との作者コメントがありました。「花の名」と「自分の名」を較べているところがいいですね。種を超えた嫉妬の新鮮さ。

サボテンと呟く声のその低さそれは何かの暗号ですか

（えむ・女・21歳）

そんな風に思う〈私〉が面白いと思います。たぶん、普通の言葉のニュアンスを超えた何かが感じられたのでしょう。声の低さに加えて、「サボテン」という存在の特殊性が「暗号」っぽさを強めたらしい。

中指を食虫植物に噛ませる脳内に蠅が
逃げ込んでくる

（九螺ささら・女・42歳）

「中指を噛ませたとたん食虫植物の内部と自身の脳内が開通したのです。そして食虫植物に呑み込まれたけれどまだ消化され切っていない蠅が瞬間移動して脳内に逃げ込んできたのです」という作者のコメントがありました。凄いイメージだけど、直観的にわかるような気がします。この歌の中で、植物と昆虫と動物という三種類の命がひとつに溶け合っている。

部長室で頭下げても目の端に窓の緑を
いつも入れとく

（ゴニクロイ・女・31歳）

「窓」の外に公園か庭か森か神社があるのかな。人間社会の厳しさに直面するとき、

「植物」は、それが目に入るだけでも心の慰めになるものですね。「部長室で頭下げても」の具体性がいいと思います。

では、次に自由題作品を御紹介しましょう。

イルカにも発情期がある　朝焼けが苦しいくらい綺麗に滲む

（大平千賀・女・29歳）

ひりひりするような感覚が美しい。「朝焼け」を「イルカ」の「発情期」に結びつけるセンスに驚きました。普通の動物に較べて賢くて優しいイメージがある「イルカ」にも、生殖のための本能に支配される「発情期がある」、その切なさ。

「かぎかっこ、僕が使うからとっといて」(だったら私はかっこでいいや)

(上町葉日・女・19歳)

メタ的な言葉遊びが面白い。一首の中で「僕」と「私」が実際に「そうしている」んですね。その結果、「かぎかっこ」に入った「僕」の言葉は声になっていて、「かっこ」でくくられた「私」の言葉は心の中の呟きでしかない、と。そもそも「僕」が「かぎかっこ」を使ったら「私」はもう使えない、という作中世界の在り方が凄いと思います。

新しい文庫の角が折れましたそれだけで止まらないなみだは

(シラツ・女・26歳)

その寸前までで心がいっぱいいっぱいだったんでしょうね。最後のラインを突破されてしまった。「新しい文庫の角が折れました」には、書けそうで書けない臨場感があると思います。

ドアの隙間に裏の世界が見えました線対称な隣の間取り

（弱冷房・男・22歳）

「僕は小さいころマンションに住んでいたのですが、たまに隣の部屋のドアが開いててふと覗くと、自分ちの部屋と真逆の構図になってるんです」という作者のコメントがありました。多くの人は経験があると思うけど、あれって不思議な感覚ですよね。「裏の世界」という云い方が、そのくらくら感をうまく表しています。

ステッカーもらって貼れる人ですかわたしはすべて保管してます

（綿壁七春・男・29歳）

もらった「ステッカー」を貼るのではなく、捨てるのでもない。「保管してます」という虚しさが素晴らしいですね。最も行為から遠い行為というか。

「危ないよ無灯火運転」そう言った君のこころが無灯火運転

（ヒスイ・女・16歳）

音読すると、リズムがとてもいいことがわかります。「こころが無灯火運転」って着地が特に魅力的。闇の中で「君のこころ」が見えないってニュアンスかなあ。〈私〉は「君」のことが好きなのでしょうか。

次回は「パニック」をテーマにした作品と自由詠を御紹介する予定です。

次の募集テーマは「遊び」です。遊園地の歌、遊覧船の歌、遊女の歌、遊星の歌、おままごとの歌、麻雀の歌、言葉遊びの歌、自由に考えてみてください。意外な歌を期待しています。

また自由詠は常に募集中です。どちらのテーマも何首までって上限はありません。思いついたらどんどん送ってください。

主題《テーマ》　パニック

今回のテーマは「パニック」です。ちょっと難しかったかな。確かに「パニック」って、それについて考えようとしても考えられない特別な現象かもしれません。

過去に一度自分の名として母の名を書いたことあり四角い部屋で

（大平千賀・女・29歳）

怖いですね。具体的にどういうシチュエーションなのか見当がつかないけど、異様な衝撃力があります。他人の名ではなくて「母の名」であるところが怖さのポイント。また「四角い部屋」と云うけど部屋は普通四角いもの。にも拘わらず、そのことが特別に意識されたということでしょうか。なんとなく病院とか警察とか、そういう特別な場所を想像しました。怖い歌はいい歌だと思います。

ピンポンと音してみんな降りてゆくけど僕にはボタン見つけられない

（滝谷侑紀奈・女・25歳）

バスの降車ボタンが見つけられないことがありますね。落ち着け、と心で念じつつ、どうしても見つけられない。外国でそうなったとき、激しく焦ります。この歌の場合、どこにもバスと書いてないところがいい。なんだか、夢の中のできごとのようで、怖さの中に不思議な魅力が混ざっています。

三月十二日付けなるレシートの束　天然水二十三本

（寺井龍哉・男・18歳）

「三月十二日」「二十三本」という二つの数字が、激しく動揺した心の痕跡をどんな言葉よりもくっきりと示しています。「あの時何を考えていたのか、本当に落ち着けたのは晩夏になってからだと思います」という作者コメントがありました。

テーブルの上のプリンが揺れている落ち着け落ち着けあたしの心

（トヨタエリ・女・31歳）

自然に読むと、例えば地震などの場面でしょうか。でも、もしかしたら、「心」の動揺の方が先で、それが「テーブルの上のプリン」に伝わっているのかもしれません。下句の繰り返しが効果的。

玄関に見知らぬ靴を発見し私に戻るまでの一秒

（ながや宏高・男・23歳）

「見知らぬ靴」の存在によって、よく知っているはずの場所が、別のどこかと入れ替わってしまう感覚が的確に描かれています。「お客さん」とか「新しい靴」とか、理由が解明されて、この世に戻ってくるまでの時間が「一秒」。

サウナ室鯉の入れ墨兄さんに痛かったかと聞いたこの口

（ヒポユキ・男・47歳）

緊張のあまり思わず聞いてしまったんでしょうね。最後の「この口」に、「思わず」って感覚が表れています。「兄さんは画鋲踏むより痛くねぇよと言いました」との作者コメントあり。やり取りが目に浮かびます。

もくもくとプリンを食べる父を見て幼い私はパニックになる

（弱冷房・男・22歳）

「父という存在はプリンを食べないものだと思い込んでいました」という作者コメントがありました。何故そう思い込んだのか。面白いですね。初めて父の悲鳴をきいた子供がパニック、とかはありそうだけど、「プリン」の方が怖い気がします。

では、次に自由題作品を御紹介しましょう。

地球上の総人口が偶数であれとひとりの朝に願った

（一・男・23歳）

「人類が総勢でペアをつくる時に、誰もさみしくならないで欲しい」との作者コメントあり。気持ちはわかります。この願いが「地球上の総人口が偶数であれ」と言語化されているところに意外性があって、素晴らしいですね。

カードキー忘れて水を買いに出て僕は世界に閉じ込められる

（木下龍也・男・23歳）

作中で起こっていることは、普通の感覚では「ホテルの部屋から閉め出される」。それを「世界に閉じ込められる」と反転させたところが見事ですね。我々は全員、生まれたときから世界に閉じ込められていることに気づかされます。

屋上に行きたいねって話してるどうしてなんて誰も聞かずに

（泡凪伊良佳・女・16歳）

青春を感じます。話しているのは建物の中に閉じ込められている人々、けれど会社では「屋上に行きたいね」という思いは自分一人の心にしまわれてしまい、だからそれを云い合えるのは学校、という直観が働くからでしょうか。「どうしてなんて誰も聞かずに」の透明感がいい。

背に乗った妹どかし腕立てを再開したら数えてくれる

（うえもと・男）

駄目だよ、重くてできないよ、とふざけて乗ってきた「妹」を背中から降ろしたんでしょうね。結句の「数えてくれる」が予想外かつ感動的な愛の歌。

みんな違う理由で泣いている夜に正しく積まれるエリエールの箱

（たかだま・女・21歳）

上句と下句の対比の美しさ。両者を繋いでいるのは、涙を拭く（それから洟をかむ）、という行為なのでしょう。

こおろぎは鳴いているけど冷やし中華
やめましたとは誰も言わない

（太田槙子・女・24歳）

確かに。夏が近づくと「冷やし中華はじめました」と口々に（？）宣言されるけど、夏が終わっても「冷やし中華やめました」は見たことがありません。視点がユニーク。

次回は「遊び」をテーマにした作品と自由詠を御紹介する予定です。

次の募集テーマは「仕事」です。銀行員、パチプロ、新聞配達、教師、家事手伝い、ナース、傭兵、ウエイトレス、大統領、美容師、ヤクザ、家庭教師など、いろいろな「仕事」があると思います。猫は眠るのが「仕事」とか。今は風邪を治すことが「仕事」とか。トラブル・イズ・マイ・ビジネスとか。自由に考えてみてください。意外な歌を期待しています。

また自由詠は常に募集中です。どちらのテーマも何首までって上限はありません。どんどん送ってください。

遊《テーマ》び

今回のテーマは「遊び」です。不思議な「遊び」が沢山集まりました。その中でも具体性のあるものがよかったと思います。

虫メガネ越しに集めた太陽でカマボコ板にあの子の名を焼く

（伊藤真也・男・38歳）

「カマボコ板」にリアリティがありますね。「あの子」のために「太陽」を「集め」るほどの愛の遊び。でも、想像するとなんだか怖い。「あの子」のことが好きだからという以上の過剰さがあって、そこが遊びの遊びたる所以かと。

さかあがり靴を飛ばして落下するもう懐かしい地上ただいま

（原田・女・38歳）

ちょっと離れていただけなのに「もう懐かしい」。この一語によって時間感覚が変化して、「さかあがり」の時が引き延ばされている。遊びの時間とは永遠なのかもしれません。

同じ作者の「タイフーン過ぎた舗道で白猫に『もち』と名付けてこねまわす朝」もよかった。「タイフーン」によって古い世界が滅び、新しい朝が来たようです。〈私〉は早速新しい世界に相応しい新しい遊びを考えつきました。

遊園地来たけど上手く遊べない私どこかが壊れてますか

（えむ・女・21歳）

遊ぶための場所で遊べない。「どこかが壊れてますか」という思い込みがいいですね。遊びはもっと自由でいい筈なのに、現在の社会では同調圧力がとても強くなっているようです。或る名門幼稚園の入試では、みんなと一緒に夢中で遊べない子供を落とす、という話をきいたことがあります。カラオケやゴルフや宴会が楽しくない私もどこかが壊れているのかも。

かくれんぼしてる時にはさしすせそ言っちゃだめって怒ってた君

（泡凪伊良佳・女・16歳）

「さ行って、息が漏れるんですよね」との作者コメントがありました。この鍵がないと、

「かくれんぼ」と「さしすせそ」禁止の間の謎はなかなか解けない。我々の世界にはそういうことが充ちていて、神様だけが鍵の在処を知っているようなこともある。詩の魅力ってそんな世界の在り方と繋がっているんじゃないか。

あのゲームそっくりの車あのゲームそっくりな人の助手席に座り

（九螺ささら・女・42歳）

「人生ゲーム」でしょうか。本当は「ゲーム」の方が現実の真似をしている筈なのに、それが逆転する面白さ。突然、自分がぴょーんと小さくなって、「ゲーム」の世界に飛び込んでしまったような感覚があります。神様視点の獲得。

愛ん家で見たエロ本と脱衣所の無い風呂たぶん愛は美しい

（モ花・女・28歳）

「愛は小学校の同級生で、めちゃくちゃにいじめられてました。何をされても微笑んでいて、泣く事はありませんでした」との作者コメントあり。「脱衣所の無い風呂」に、子供の目に映った他人の家というものの不思議さがある。「愛」という名前もいいですね。

では、次に自由題作品を御紹介しましょう。

寄せ鍋の湯気で湿った前髪を気にして触る君世界一

（森響子・女・28歳）

「世界一かわいいって思う瞬間は突然やってくるものです」という作者のコメントがありました。その具体例が「寄せ鍋の湯気で湿った前髪を気にして触る」一瞬とは、実にリアルで生々しい説得力がありますね。特に「寄せ鍋」。

わたしの声が君の髪がた縛ってる（忘れていいよ、忘れていいよ、）

（いさご・女・22歳）

「わたし」が「君」の「髪がた」を褒めた。かつて、そんな日があったんでしょうね。そのことが今も「君」の心を縛っている。だから「髪がた」は変わらない。祈りのような「忘れていいよ」の繰り返しに胸を打たれます。その中に小さな「忘れないで」が響いているようです。音数を定型に合わせて微調整させて貰いました。

むこうからやってくるのは馬だろうブルース・ウィリスではないだろう

（木下龍也・男・23歳）

面白い。「視力が追い付くまで何がむこうからきているかわからない。そんなことがよくあります」という作者コメントがありました。見えにくそうな蟻でも蝶でも猫でもなく「馬」。さらに「ブルース・ウィリス」という組み合わせがいい。

信じてるものがあるんだねと言ってくれた口をただ見ていたいだけ

（たかだま・女・21歳）

そこから出てきた言葉はもう空気の中に消えてしまったのに、いつまでも「口」を「見ていたい」。「信じてるものがある」ことを信じたいと願う心の強さが伝わってきます。いや、愛か。

歯ブラシをくわえて乗った体重計　重いものだな歯ブラシって
（ティ・女・30歳）

わかります。2kgもあるなんてとても思えませんよね。「体重計」に「歯ブラシをくわえて」乗るのはありそうなこと。表示された数値を見た瞬間に発動したユーモアの反射神経に惹かれました。

パステルの黄色がみつからないのです、ちょうちょが白くて困っています
（いさご・女・22歳）

お絵描きをしながらひとりごとを云っているような、神様の心の声のような、そんな歌。「パステル」と「ちょうちょ」を詠いつつ、それ以上の何かを二重写しのように感

じさせます。

次回は「仕事」をテーマにした作品と自由詠を御紹介する予定です。

次の募集テーマは「服」です。シャツとかジーンズとかスーツとかスカートとか詰襟とか浴衣とかマフラーとかボタンとかタグとか、いろいろな「服」及びその関連物があると思います。自由に考えてみてください。意外な歌を期待しています。

また自由詠は常に募集中です。思いついたらどんどん送ってください。

テーマ

仕事

今回のテーマは「仕事」です。採りたい歌が多くて選ぶのが大変でした。「遊び」よりもぎりぎり感が強いからかなあ。

三十歳職歴なしと告げたとき面接官のはるかな吐息

（虫武一俊・男・30歳）

「はるかな吐息」がいい。現実的に考えると「かすかな溜息」とかになるところでしょう。それを「はるかな吐息」と表現したことで、〈私〉にとっての社会というものがさらに遠く感じられます。

「目的地周辺です」と言ったきり君はどこかにいってしまった

（一・男・23歳）

カーナビの歌ですね。「まだ目的地についていないのにどこかへ行ってしまうのは、職務怠慢だと思います」という作者コメントあり。なるほど。それまで丁寧に寄り添うように一つ一つ教えてくれていたのに、突然、ふっと消えてしまいますね。「職務怠慢」という捉え方がユニーク。

ブラインド隙間から射す光の先インドカレー屋11時半

（ティ・女・30歳）

お昼休みが近づくと、お気に入りの「カレー屋」さんの方を見てしまう。この歌の面白さは、それに重なるように本物の「インド」の「光」を見ているように感覚されるところ。〈私〉を縛る仕事から最も遠い場所としての「インド」の「光」。

正座して君の帰りを待っている裸に白いエプロンをして

（トヨタエリ・女・32歳）

「正座」＋「裸」＋「白いエプロン」に、職業的主婦のイメージが集約されています。仕事としての待機、仕事としての家事、仕事としてのエロ。かっこいい。

月光の降る大通り警官と婦警が手と手つないで渡る

（寺井龍哉・男・18歳）

夢の中のように鮮やかなイメージが浮かんできます。他の仕事に較べて禁忌の感覚が強いからこそ、「手と手つないで渡る」が衝撃的。同じ作者の「透明の林檎果汁を飲みほしてアダルトビデオ時評書き継ぐ」もよかった。これがワインやビールやカクテルでは駄目。「透明の林檎果汁」と「アダルトビデオ時評」の組み合わせに奇妙な臨場感と詩情が宿りました。

演奏会終わるまで寝る最後列グランドピアノ運び屋の夢

（ヒポユキ・男・47歳）

自分が運んできた「グランドピアノ」の音色を子守歌にしている「運び屋の夢」。現実にありそうで、しかし、不思議な光景に詩を感じます。
同じ作者の「サウナ室マット交換おばさんの視界モザイク処理プログラム」も面白かった。「サウナ室の裸の男達の中でマットタオルを取替に来るおばちゃんは余りにもさりげなくて、局部を見ると自然とモザイクがかかるような目になってる気がします」とのコメントあり。納得。

塩酸を壁からピュッと噴き出して胃袋
今日も働いている

（奈楽・女）

「塩酸を壁からピュッと噴き出して」の具体性が逆にシュールに見えてときめきます。すぐに怠けてしまう〈私〉に較べて、働けと一言も云われなくても働き続ける体の凄さ。

渡り蝶に月電池を内蔵させる仕事は時給16ムーン

（九螺ささら・女・42歳）

ロマンチックな空想世界に「時給」を持ち込んだところがいい。特に「ムーン」という貨幣単位。これによってSF的な世界像にリアリティが与えられています。音数を調整させて貰いました。

曖昧に知らないふりして笑っては少女としての仕事を果たす

（上町葉日・女・19歳）

こちらは「少女としての仕事」の歌。ちゃんと遂行しても、お金は貰えない。けれどもそれはやっぱり社会から要求される「少女」の「仕事」に違いない。批評的な視点の鋭さを感じます。

自らをいじめるような歯磨きを午前3時に父はしていた

（よろこ・女・20歳）

生々しいですね。「自らをいじめるような」がいい。家族には云えない重圧があったのでしょうか。〈私〉の感情を書かずに「父」の描写に徹したことで緊迫感が生まれました。

では、次に自由題作品を御紹介しましょう。

地元では燃えないものが悉く燃やされる街で生きることにした

（太田槙子・女・24歳）

「初めて実家を出て一人暮らしを始めました。燃えるゴミとして挙げられている項目の大半が地元では燃やせないゴミだったのでとても驚きました」との作者コメントがありました。「ゴミ」のことを書きながら、その裏側に、未知の世界で生きる決意が潜んでいるようです。

唐揚げの下のレタスを食べてみる駅のひだまり冷えた膝裏

（レイミ・女・22歳）

リアリティを感じます。「ひだまり冷えた膝裏」の身体的な感覚、加えて「ひ」「ひ」「ひ」という音の連続も魅力的。

取れそうで取れない炊飯器内蓋拭きつつ去年の彼を想う

（猿見あつき・女・22歳）

一首前の「唐揚げの下のレタス」と同様に「取れそうで取れない炊飯器内蓋」という現実の細部に触れることで、実感が獲得されています。その手触りと共に、「去年の彼」とのどこかすっきりしない終わり方が伝わってくるようです。

次回は「服」をテーマにした作品と自由詠を御紹介する予定です。

次の募集テーマは「料理」です。僕は林檎を剝くことと素麵を茹でることしかできないんですけど。自由に考えてみてください。意外な歌を期待しています。また自由詠は常に募集中です。どちらのテーマも何首までって上限はありません。思いついたらどんどん送ってください。

テーマ

服

今回のテーマは「服」です。ファッションというかいわゆるお洒落についての歌がほとんどないのが面白かったです。

ともだちはみんな雑巾ぼくだけが父の肌着で窓を拭いてる

（岡野大嗣・男・31歳）

「小学校の時のワンシーンです。肌着だと分からないように綺麗に折り畳んで拭いていました」という作者のコメントも生々しいですね。家庭の事情で「雑巾」を縫って貰えなかったのかな。想像ではつくれない臨場感に溢れています。決して楽しい思い出じゃないだろうけど、その記憶の手触りの強さが言葉に力を与えていると思います。

着ぐるみが着ぐるみを抱くこの世界わたしが着られる着ぐるみがない

（つきの・女）

面白い感覚。〈わたし〉の目には普通の人間たちがみんな「着ぐるみ」に見えているんですね。「着ぐるみ」探しはどこかで諦めて、〈わたし〉と同じように着ぐるみをもっていない誰かを見つけるしかないのかも。

よく見るとちっちゃい無数のペンギンがいるスカートを買うんだ私

（森川那恵・女・33歳）

「買うんだ私」という結句に奇妙な可愛さが宿りました。短歌の場合、同じ内容でも文体によって印象が大きく変わってきます。「よく見ると」という入り方も巧い。

「そのコート素敵な闇の色ですね」君に心を持って行かれる

（えむ・女・21歳）

「不意打ちの言葉」という作者コメントがありました。気障だけど魅力ある表現ですね。「闇」がポイント。これが「空」でも「海」でも「草」でも、「心を持って行かれる」ことはなかったでしょう。

・

バレている気がする部屋でこのダウン着て過ごしてるそれ着て交わる

（モ花・女・28歳）

前の歌から一転して、荒んだ魅力をもった一首。「部屋」で「ダウン」なんて全く素敵じゃない筈なのに、五七五七七の中ではそれが反転して読者を惹きつけるところが面白い。「それ着て交わる」まで押したことで、新しい世界の色が見えるようです。

そんな服見たことないわ地下鉄の3両目扉左のあなた

（ティ・女・30歳）

「同じ通勤経路の人の服のサイクルがなんとなくわかってきて、見たことない服を着ているとハッとします」との作者コメントあり。その感覚を「そんな服見たことないわ」と言語化したところがいいですね。そのまんまの心の声、という新鮮さ。知り合いでもなんでもないのに、思わずそう云いたくなる感じ、わかります。

では、次に自由題作品を御紹介しましょう

君よりも少しだけ長いお祈りで、君はわたしよりしあわせになる

（いさご・女・22歳）

それは「わたし」が「君」の「しあわせ」を祈るから。その秘密をたぶん「君」は知らないのでしょう。「人魚姫」的な愛の歌ですね。運命に「わたし」を捧げる感覚が美しい。同じ作者の「前の人はわたしに気づいていたかしら、しゅるりとぬけた自動でないドア」も、自分が幽霊になったような一瞬の感覚を巧く捉えています。

永遠に補修をされることがないビート板には誰かの歯形

（木下龍也・男・23歳）

「歯形」に、あっと思いました。他人の命の証を見てしまった衝撃。おそらくこれも実話に基づいた歌でしょうね。なかなか想像では届かない領域だと思います。同じ作者の

「透明になれる薬をゴキブリに食べさせたからもう大丈夫」もよかった。

うまくいくわけがないと思ってた崩御
崩御とからだが叫ぶ

（レイミ・女・22歳）

「すきなひとが消えちゃったときに」という作者のコメントがありました。辞書的にはこんな使い方はない筈の「崩御」が新鮮ですね。ぎりぎりの切羽詰まった感覚が伝わってきます。

しゃぼんだまつくって笑い転げてる殺
すと書いたTシャツを着て

（こじか・女・20歳）

青春を感じます。「笑い転げて」いても、「殺すと書いたTシャツを着て」いても、どうしてか逆に殺されてしまいそうな予感がある。映した世界ごと壊れてしまう「しゃぼんだま」の眩しさ。

排水口の絡み合う髪は知っている彼女の知らないあなたとわたし

（圓・女・24歳）

生活の最も生々しい部分が、愛の関係性を照らし出す。その「絡み合う髪」は本当は誰の、そして何人のものなのか。想像すると怖ろしい。

ベランダで布団をたたく手をとめるまだ永遠はやって来なくて

（大平千賀・女・29歳）

ふと予感を覚えて、「手」をとめたのでしょうか。でもそれは錯覚だった。「永遠」はいつどんな形でやってくるのか。恋？　妊娠？　旅立ち？　だが、それはまだ今日のことではない。

フラニーとゾーイという名の亀がいて私は何処に行ったらいいの

（あんうん・女・19歳）

サリンジャーの本歌取りですね。上句と下句の響き方が素晴らしい。青春の光を脱いだ「フラニーとゾーイ」は「亀」になって永遠にここに留まる。私は、私は何処に行ったらいいんだろう。

次回は「料理」をテーマにした作品と自由詠を御紹介する予定です。
次の募集テーマは「幸福」です。私は散歩や買い物やお茶をしていると幸福なんだけど、人によって感じ方がちがいますよね。意外な歌を期待しています。
また自由詠は常に募集中です。どちらのテーマも何首までって上限はありません。思いついたらどんどん送ってください。

料理《テーマ》

今回のテーマは「料理」です。驚くほどいろいろな角度から詠われていてびっくりしました。それでいて、どれも一読してすっと伝わる。感情や感覚がちゃんと生きています。

コンビニのおでん仕込まれ幾千の大根しみる列島の朝

（西口ひろ子・女・45歳）

「朝シフト勤務のコンビニ店員がおでんを仕込んでいました。日本列島の多くのコンビニで同じように大根に味がしみこんでいるのだと思うと、少し感動しました」との作者コメントがありました。一見シュールに感じられるけど、現実そのものってところがいい。特に「列島」が効いている。この国の全員がそれなりにがんばっているというスケールの大きな共感が伝わってきます。

この指輪はずしてミンチをこねるときわたしに出来ないことなんてない

（鈴木美紀子・女・47歳）

「指輪」をはめたまま包丁を使うのと、「はずしてミンチをこねる」のとでは、確かに何かが違う。人間社会の縛りから解き放たれて野蛮な力が湧き上がるような感触。

通勤の群れを見せたらたらたらと涎をたらす自動改札

（岡野大嗣・男・32歳）

「自動改札」側に立った視点が新鮮ですね。アイロニカルであり、ホラーっぽくもある。

そうか、我々はうまそうだったのか。そのまんま食べる人間の躍り食い。「たらたらたら」と「たら」の連続も効果的。

見知らぬ台所で喪服着たまんま包丁握れば西日は満ちて
（モ花・女・29歳）

おそらくは事実でありながら、まるで夢の中のような不思議な臨場感に溢れています。「見知らぬ台所」で「包丁」を握るのは確かにそういうケースでしょうね。この「西日」は凄いなあ。リズムを微調整させてもらいました。

「これまずい」箸で向こうに追いやった器の色をまだ覚えてる
（たちばな・女・17歳）

おそらくは罪悪感から、でしょうか。一品の料理の背後には、作ってくれた人の存在、そのために命を奪われた生物の存在がある。そのことを作中の〈私〉は知っている。「器の色」の生々しさが素晴らしい。

蛇口から銀河流れるシンクへと溜めた銀河でラディッシュ洗う

（九螺ささら・女・43歳）

銀色に光る蛇口からぴかぴかのシンクに流れる水は確かに「銀河」っぽい。「ラディッシュ」の響きと語源＝「根、根源」も、この感覚と響き合っているようです。

七色のキャンディ沈めた水筒の水はもうすぐ幻ジュース

（後藤葉菜・女・25歳）

遠足とか、子供の頃の思い出なのでしょう。もっとも原始的で、もっとも夢に溢れた料理。「幻ジュース」という表現がうまい。

ああ丸い料理食べたい丸い鍋丸いお皿に丸いお茶碗

（黒崎恵未・女・28歳）

「スーパーのお弁当やお総菜ばかり食べていて、久しぶりに家で作ったものを食べたら感じが違いました」との作者コメントあり。それを「丸い料理」と表現したところが面白い。スーパーやコンビニのは四角いですもんね。

切り落としたカイワレの根に水をやる母さん僕は生きるようです

（ノート・女・28歳）

「母さん僕は生きるようです」がいい。他人事めいた口調の中に、自分でも意外な生命力の発見がある。

みそ汁に口を開かぬしじみ貝はじめて母に死を教わりぬ

（麻倉遥・女・29歳）

「口を開かぬしじみ貝」はもう死んでいるのよ、と習ったのでしょうか。料理の根源には他の生物の「死」がありますね。料理を教わることはそれを教わることでもある。

では、次に自由題作品を御紹介しましょう。

もう少し早く出会っているような世界はどこにもない世界より

（鈴木晴香・女・29歳）

書かれてはいないけど、恋の歌でしょうか。「もう少し早く出会っていたら」という思いに対する断念が美しい。「世界より」という結句に〈私〉の心を感じます。

新宿の人人人の中こっそり入がまぎれこんでる

（木下ルミナ侑介・男・26歳）

作中の〈私〉がその「入」なのかもしれない。いや、「人人人人人」の全員が主観的には自分は「入」だと感じているのかも。

だしぬけに葡萄の種を吐き出せば葡萄の種の影が遅れる

（木下龍也・男・24歳）

あまりにも「だしぬけ」だったので、さすがの「影」もついて来られなかった。「影」を出し抜くことは、神様を出し抜くこと。

父がちゃん付けで呼ぶ私ほんとはね、
おまえっていう名なのです。ごめん。

(森響子・女・29歳)

恋人が「おまえ」と呼ぶのかな。そのことが「ちゃん付け」で呼んでくれる「父」に対して申し訳ない。でも、「おまえ」の方を「ほんと」と感じる心。

次回は「幸福」をテーマにした作品と自由詠を御紹介する予定です。

次の募集テーマは「インターネット」です。Eメール、検索、SNS、ユーチューブ、スカイプなど誰にとっても身近なようで、誰も全貌を見た者はいない、もうひとつの世界。意外な歌を期待しています。

また自由詠は常に募集中です。どちらのテーマも何首までって上限はありません。思いついたらどんどん送ってください。

幸福《テーマ》

今回のテーマは「幸福」です。具体的に描かれたシチュエーションの数々が面白かったです。

電器屋のマッサージ機で友達としりとりしてるプール日和に

（うえもと・男）

若いのに、折角の「プール日和」に「電器屋のマッサージ機」でぶるぶるしながら「しりとり」とは。なんとも生々しく気怠い空気に惹かれました。「りんごごご」「ごごごりりら」って「しりとり」も震えてるんだろうね。幸福だ。

なぐるおやけるおとこらのいないこと
ひとりぼっちでねむるしあわせ

（つきの・女）

「ひとりぼっちでねむる」のは、一般的には決して幸福なイメージではない。でも、それは本当は「しあわせ」なことなのかもしれない。ゼロ地点の幸福を感じさせる平仮名書きが効いています。

Wi-Fi《ワイファイ》をうぃーふぃうぃーふぃと呼び
あって幸せそうな顔の伯母たち

（虫武一俊・男・30歳）

ちょっとずれてる。でも、「伯母たち」の間ではノープロブレムなのだ。正しさと幸福は関係ないってことがわかります。「うぃーふぃうぃーふぃ」が笑ってるみたい。

柔らかい笑顔するのね下半身は暴力的に動いてるのに

（チヲ・女・28歳）

臨場感がありますね。「幸福」のテーマでこの歌が出てくるところに大人の苦さと喜びを感じる。「笑顔」と「下半身」の不一致に単なる幸福以上の味わいが宿っています。

ひとりでは買わないもので満たされたビニール袋をひそかに愛でる

（谷川ゆうす・男・25歳）

「ふたりで買い物をすると、その帰り道、気づけば、ひとりのときには思いもよらない商品たちばかり、ビニール袋に入っているのです」との作者コメントがありました。モノの背後に人間の関係性がある。「ビニール袋」はふたりで過ごす時間の塊なんですね。

ファミレスでバターコーンという名のマーガリン和え食べながら過ごす命日

（モ花・女・29歳）

最後の二文字にぐさっときました。「ファミレス」の「バターコーン」なんて別に高級でも素敵でもない。でも、生きているからこそ食べられる。「マーガリン和え」の安っぽいギトギト感が生の実感を一層強めているようです。

しあわせな人ぶる　君にみあうためコントレックスが不味くてもわらう

（こゆり・女・27歳）

「しあわせぶりっこすると好かれることを学びました」との作者コメントがありました。「しあわせな人ぶる」という語法が面白い。「ぶる」をつけるとなんでも動詞化できるんですね。「ブルドッグぶる」とか。いかにも素敵で「しあわせな人」が飲みそうな「コントレックス」が効いています。

では、次に自由題作品を御紹介しましょう。

飲みながらおしっこしたらそれはもう管よ私は一本の管

（木下龍也・男・24歳）

なるほど。時間差で「おしっこ」するより確かにその方が「管」っぽい。「私」という存在が意外な角度から照らし出されます。同じ作者の「もう君を動かす人は死にました折り畳み式自転車を折る」もよかった。ひとりの「人」の消滅と屈葬めいた「自転車を折る」の結びつき。

自販機と話す女は狂ってるわけではないよ助けてココア

（小林晶・女・29歳）

唐突な「助けてココア」に惹かれます。「自販機と話す女は狂ってるわけではないよ」のナレーションから一転して、言葉の次元が変化している。この転調から魅力的な女性像が浮かびます。

きみのことあなたと呼べる一文字のゆとりができるまで百光年

（いりな・女・17歳）

「きみ」と「あなた」の間に「百光年」の隔たりがある。あまりにも「きみ」のことが好き過ぎて、その距離をどうしても詰めることができないのでしょう。若さの切実さを感じます。

君からの「明日も体育あったっけ？」
そんなメールを逆さから読む

（有希・女・15歳）

「好きな人からもらったメールに違う意味合いばっかり探しちゃう」との作者コメントがありました。わかります。どこかに隠しメッセージがないかと探してしまう。メールがまだなかった昭和時代に、年賀状の匂いを嗅いでみた記憶あり。音数を微調整させてもらいました。

私とは違うところで泣く友が私の部屋
を怖いのだと言う

（上町葉日・女・19歳）

「どこが怖いのか、教えてくれないまま帰っちゃいました」との作者コメントあり。うーん、なんだかひどい話みたいだけど、妙に面白くてリアルですね。想像では書けない歌。

永遠にねむるあなたはまぶたまで日焼けをしてしまうのね、おやすみ。

（いさご・女・22歳）

もっと重要なことが幾らもありそうなのに、「まぶた」の「日焼け」を気にする。柔らかに悲しむようなその口調に奇妙な愛を感じました。

次回は「インターネット」をテーマにした作品と自由詠を御紹介する予定です。
次の募集テーマは「風邪」です。誰もが経験する病気だけど、風邪のときの食べ物や対処法、或いはお風呂に入るか入らないかについての考え方まで、人によっていろいろみたいですね。意外な歌を期待しています。また自由詠は常に募集中です。どちらのテーマも何首までって上限はありません。思いついたらどんどん送ってください。

テーマ　インターネット

今回のテーマは「インターネット」です。ネットによって変化した我々の日常と感覚を柔軟に捉えた歌が見られました。

手を振って別れた人のつぶやきを盗み見るのがデートの続き

（南口哲士・男・20歳）

「デートの後には毎回チェックしてしまいます」との作者コメントがありました。人間の心の中を直接覗き見ることはできない。でも、インターネットの出現によって、それに準じるような「つぶやき」を見ることができてしまう。便利だけど、幸福になったかどうかはわからない。その辺りの感覚が「盗み見る」という言葉でうまく表現されています。恋人がストーカーに変わるような怖さが滲んでいますね。

あなたもあなたも名無しさんわたしのことを覚えていますか名無しです

（滝谷侑紀奈・女・25歳）

新しい関係性が生々しく表現されています。ここにいる「わたし」を見てほしいけど知られたくない。そんな相反する思いの上に、「名無し」と「名無し」が心を繋ぐ切なさ。

#あと二時間後には世界消えるし走馬灯晒そうぜ

（岡野大嗣・男・32歳）

五七五七七の音数に区切って読むと「#／あと二時間後／には世界／消えるし走馬／

灯晒そうぜ」となって、最初の「#」は「ハッシュタグ」と発音することがわかります。各句の切れ目はやや複雑で、けれどきっちり音数が合っている。ユニークなアイデアを歌にするときこそ、こういう細部が大切。この歌はそこがしっかり練られていて見事ですね。死ぬ前に脳裡を走る思い出の「走馬灯」は最も個人的なものである筈。にも拘わらず「#」で晒し合うところに時代性があります。それは何かの崩壊なのか、それとも新たな連帯なのか。

飼い蛇に生きたウサギをやる動画好きなわたしが人混みにいる

（植本和也・男）

「飼い蛇に生きたウサギをやる」「わたし」よりも、その「動画」を見るのが好きな「わたし」の方が危うい。にも拘わらず、「人混み」のなかには、そちらの「わたし」の方がずっと多くいるにちがいない。そんなことを感じるのは、この歌がどこか「名無しさん」の告白めいたニュアンスを帯びているから。

ルーターがこびとのいえに見えてきて午後二時すべて捨てて逃げたい

（虫武一俊・男・31歳）

馴染んでいる筈のものが、何かの拍子におかしなものに見えてくることがある。「こびとのいえ」とは面白いですね。我々はネットを成立させている「こびと」たちに尽くされながら、同時に支配されている。そんな世界が急に不気味な場所に思えてきたのでしょうか。

くちびるの皮をひとかけ食べました。明日つぶやく予定の言葉

（みっこ・女）

「くちびるの皮をひとかけ食べました」とは、本来なら親にも恋人にも告げることのない「言葉」。しかし、インターネットの網の目がそれを浮上させる。世界に向かって開

かれた、限りなく些細なつぶやきに、どこか狂気めいた魅力を感じます。

Googleも探し出せない僕だけど目覚ましだけは見つけてくれる

（楓敬太郎・男・28歳）

「グーグルですら検索されない僕のことでも目覚まし時計は必ず見つけて夢の世界から現実世界に連れてきてくれます」との作者コメントあり。ネットと現実と夢、一首の中に三つの世界があるんですね。もし「目覚まし」が見つけてくれなかったら、「僕」は夢の世界でずっと生き続けることになる。

一人旅装うブログ打つ君の携帯カメラに映らぬわたし

（たみやともみ・女・31歳）

リアルですね。「君」との関係性が、かつては存在しなかった筈の角度から照らし出されています。

走れ光　わたしの代わりに翔けてゆき
わたしの代わりに友達を作って

（後藤葉菜・女・25歳）

「走れ光」がいいですね。なんだか世界をつくった神様の言葉みたい。でも、その神の願いが「友達を作って」だとは。

では、次に自由題作品を御紹介しましょう。

た行しか知らぬ私は「土」と言う　あなたのために「好き」の代わりに

（大嶋航・男・17歳）

「た行」の世界で「好き」に最も近いのは「土」。でも、その言葉を懸命に伝えても

「え、土がどうしたの？」と云われてしまいそう。神様が五十音の全てを知っているとしたら、人間は「た行しか」知らないような存在かもしれない。

左手で制されたまま携帯に謝り続けるキミをながめる

（みつこ・女）

「携帯」の向こうにいるのは「キミ」の上司かお客さんでしょうか。「キミ」が生きる社会という場所に、〈私〉は立ち入ることができない。切ない光景の切り取り方が魅力的。

会議室の椅子が重なり積みあがる何かの交尾じみていながら

（一・男・24歳）

「会議室の椅子」という最も事務的な機能を要求されるモノが、気づくと「交尾」をしている。そのギャップが〈私〉の心に充ちた思いを感じさせます。

次回は「風邪」をテーマにした作品と自由詠を御紹介する予定です。

次の募集テーマは「風呂」です。私はお風呂があんまり好きじゃなくて、温泉に行っても入らなかったりするんです。気持ちいいってことはわかるんだけど、お湯に弱くて浸かるとふらふらになるので。ともあれ、お風呂関係ならなんでもＯＫです。意外な歌を期待しています。

また自由詠は常に募集中です。どちらのテーマも何首までって上限はありません。思いついたらどんどん送ってください。

風邪《テーマ》

今回のテーマは「風邪」です。送られてきた歌を見ながら、自分以外の人もちゃんとひいてるんだなあ、と思って嬉しくなりました。それから、風邪って苦しいんだけど、同時にその中には奇妙な喜びの微量成分が含まれているらしいってこともわかりました。

その咳はパパの咳とは違うから大丈夫だよゆっくりおやすみ

（ゆいこ・女・25歳）

ということは、「パパの咳」は「大丈夫」じゃないんだ、と反射的に思ってしまいます。現実の厳しさを背負った優しさに心を打たれました。

うつされたあなたの菌をもうすこし飼っておきたい。エサはわたしだ

（鈴木美紀子・女・48歳）

近い発想の歌は沢山あったけど、その中でもっとも完成度が高かった一首。結句の「エサはわたしだ」にぞくっときました。捨て身の生々しさがいい。

鼻水がとまらないって診察で言おうとしたらとまってました

（ななはる・男・30歳）

ありますね。その場になると体が本人の主張を裏切ること。あれってなんなんだろう。社会とか他者ってものに〈私〉の深い部分が反応しているのかなあ。シーンの切り取り方が巧いと思います。

ほらよ今着けてるブラジャーあげるからおとなしくうちでおねんねなさい

（雲はメタんご星人・女・20歳）

確信をもって云ってるところが面白いですね。脱ぎたての「ブラジャー」は癒やしの薬になるのかなあ。ちなみに「恋人は匂いフェチ」との作者コメントがありました。くんくんすると免疫力が上がるのかもしれない。

アイスノンを殺して殺して殺して朝が生きろとわたしに告げる

（田中ましろ・男・32歳）

「アイスノンを殺し」って熱で溶かしてしまうことでしょうか。熱の高い夜のもがくような感覚とその翌朝の復活する感覚が伝わってきます。

びわ色の午後にまどろむすかすかの私のからだ日向のにおい

（彩子・女・45歳）

「峠は越しました」との作者コメントがありました。風邪がピークを過ぎた後の体感がリアルに表現されています。特に「びわ色」。風邪の後って、色彩感覚とか皮膚感覚とか、まだチューニングが戻ってなくて変ですよね。

すりりんごに因幡の白ウサギの皮が若干入ってると気づく鼻

（九螺ささら・女・43歳）

「風邪をひくと、社会生活に必要な感覚は鈍る代わりに原始な感覚が蘇るかのようです」との作者コメントがありました。それにしても、「すりりんご」に「因幡の白ウサギの皮」とは凄い。「りんご」→「皮を剝かれる」→「因幡の白ウサギ」という意識下の連想があるのかも。

背中さする手の美しさを咳き込むわたくしは見ることができない

（さとこ・女・31歳）

「咳き込む」苦しみの最中に「背中さする手の美しさ」を意識するところが魅力的。風邪の記憶が甘美さと結びつくことがあるのは、他者の優しさが見えやすいからでしょうか。リズムを微調整させて貰いました。

では、次に自由題作品を御紹介しましょう。

CMを飛ばせるというCMを飛ばして
DVDを見ている

（木下ルミナ侑介・男・26歳）

我々は何でもできる万能の神様に近づきながら、同時に何かをすることの喜びを失ってゆく。無表情な文体から、そんな現代の生活感覚が伝わってきます。

カーテンを開けたら道路と目があった
そうですここにも春が来ました

（はつにか・女・19歳）

雪国の歌ですね。冬の間、「道路」はずっと雪に隠されていた。「道路と目があった」に「春」の喜びが宿っています。

月日きょうはせかいのおわりです。あなたの電話で日付を入れる

（はんぷてぃ・女・16歳）

「月日」とは日記帳の日付部分のイメージなのかな。すると、「きょうはせかいのおわりです。」は日記の本文ですね。そして最後に「月日」の部分に「あなたの電話で日付を入れる」。嬉しくて世界が終わるのかなあ。

桃色のマーカーペンで爪を塗りきのうのいりぐちあしたさがすの

（浪江まき子・女・24歳）

「きのうの」「いりぐち」「あした」「さがすの」が、いっぽんいっぽん爪を塗ってゆく感覚と結びつくようです。「きょう」が飛ばされているところがいい。それによって逆に光が当たってしまうから。

鮭の死を米で包んでまたさらに海苔で包んだあれが食べたい

（木下龍也・男・24歳）

「おにぎりが食べたい」では短歌にならないけど、同じ内容をこのように翻訳すると一首として成立するんですね。「鮭の死」がいい。ときどきこんな風に云ってみないと、「おにぎり」がなんだったのか忘れてしまいそう。他にも、セックスはヒトの雄と雌の交尾、とかね。

次回は「風呂」をテーマにした作品と自由詠を御紹介する予定です。

次の募集テーマは「年齢」です。最近五十肩になってしまって苦しんでいるもので思いつきました。子供、老人、自分の年齢、親の年齢、星の年齢、シルバーシート、八百比丘尼、恋の年齢差などいろんな角度から詠ってみてください。意外な歌を期待しています。

また自由詠は常に募集中です。どちらのテーマも何首までって上限はありません。思いついたらどんどん送ってください。

風呂《テーマ》

今回のテーマは「風呂」です。ひとりになれる部屋としてのユニットバスから温泉まで、いろいろな「風呂」の歌が届きました。

男って女より先に死ぬものね綺麗になったのに眠ってる

（川上渚・女・23歳）

どきっとする歌。「ラブホテルでの一首です」との作者コメントがありました。お風呂から出ると、恋人は先に眠ってしまっていた、折角「綺麗になった」のに、というシーンでしょうか。〈私〉はその寝顔を見下ろしながら「男って女より先に死ぬものね」

と思っている。眠りを死に拡大したところが素晴らしい。

「今日はちょっとシャワーだけにしておく」が意外と十五年も続いて

（竹林ミ來・男・30歳）

自分で自分にこう云ってるんでしょうね。そのうちにどんどん時間が過ぎ去ってしまう。そして、気づけば一生「シャワー」の人。「ちょっと」の呪縛の怖ろしさがよく伝わってきます。

ちぢり毛のついた石鹼泡立てたここで勇気を使っちまった

（ノート・女・28歳）

「毛一本が付くだけで、石鹼がひどく不潔なものになります」という作者のコメントがありました。わかる。その感覚を「ここで勇気を使っちまった」と表現したところがいいですね。毛一本の有無によってエネルギーの消費量が全然ちがうんだ。

結納前夜も真っ暗なお風呂場でねずみ色の体を洗う

（みつこ・女）

「暗闇ではねずみ色にみえる体。いくら洗っても綺麗にならない体」との作者コメントがありました。けれど、短歌の中の「体」には不思議にしんとした美しさが感じられます。「結納」という一種の取引契約によって、自分の「体」が聖なるモノに変わってしまうような感覚。

「60点。」背中洗えば介護士の男に批評されるホテルで

（玉谷ともみ・女・31歳）

男女のプライベートな空間に突然割り込んできた仕事目線が面白いですね。いきなり

点数から入ったのも正解と思います。

すーすーするシャンプーしかない浴室の鏡で覗く親知らずの芽

（はるの・女・25歳）

「男性用のシャンプーって頭が涼しいと言うか、やけにすーすーするような気がして落ち着きません」との作者コメントあり。「すーすーするシャンプーしかない浴室」に詰め込まれたサ行音が、その感覚を補強しています。「親知らずの芽」を覗くという行為もひとりを感じさせて魅力的。

しじみさん湯加減いかがと聞く母に葱を持つ手が震えたあの日

（蜂谷ダダ・女・28歳）

お母さんに料理を習ってたんでしょうね。「湯加減いかが」という云い方が怖いんだけど、その思いを直接書かずに、「葱を持つ手」で示したところが巧いと思います。

では、次に自由題作品を御紹介しましょう。

天井にかざした右手交互に目つぶれば
位置が微妙に変わる

（植本和也・男）

誰もが知っていること。しかし、普通はわざわざ短歌に書こうとは思わない。他人には何の意味もないから。そこを敢えて言葉にすることで、他の誰でもない〈私〉という存在が浮かび上がりました。

安宿の冷蔵庫には日本語の一文字もないウォーターボトル

（虫武一俊・男・31歳）

いかなる経済の法則なのか。「日本語の一文字もない」に奇妙なリアリティがありますね。同じ作者の「雨の夜ほのかに土の匂いして祖母の部屋から聞こえる時報」にも臨場感がありました。

パトカーは僕の容疑を決めかねてたぶん真横を通っていった

（ななはる・男・30歳）

心当たりがないのに「パトカー」に不安を感じることがありますね。妄想的でありつつ、しかし、何かの間違いかちょっとした弾みで本当に「容疑」をかけられてしまう、世界にはそんな紙一重の危険が充ちているのかもしれない。

緑っぽいメロンパンを買い食べてると
スイスっぽい除夜の鐘鳴り出す

（九螺ささら・女・43歳）

微妙にズレたもう一つの世界感が面白い。『高級なメロンパン』は、『セレブな下町』くらい形容矛盾です」との作者コメントあり。そう云われると一首の成り立ちがわかる。論理の筋道を飛ばしてしまうと詩が生まれることがあるみたいです。

あと2秒後にキスをするカップルを見
つけてしまう雑踏の中

（岸田弥也・女）

「なぜか見つけてしまうんです」との作者コメントあり。「2秒後」の未来がわかる超能力だと思います。

(ああそうか)耳から空気が抜けてゆく(私の期限は今日までなのか)

(サボテンレコード・16歳)

「耳から空気が抜けてゆく」という風船みたいな「私」の終わり方に、なんともいえない実感がありますね。「私の期限」という冷たい云い方もいい。

次回は「年齢」をテーマにした作品と自由詠を御紹介する予定です。

次の募集テーマは「地元」です。田舎が地元の人もいれば都会のど真ん中が地元の人もいる。いずれの場合も、それぞれの地元に関して、仕事や遊びで来た人とはちがった感覚をもっていると思います。僕の地元は作務衣を着たおじいさんが無農薬野菜を抱えてスケートボードに乗っているようなイメージの(実際にはそんな人いませんけど)ところです。いろいろな地元の歌、楽しみにしています。

また自由詠は常に募集中です。どちらのテーマも何首までって上限はありません。思いついたらどんどん送ってください。

年齢《テーマ》

今回のテーマは「年齢」です。実にさまざまな角度からの照らし出し方があるものだと感心しました。でも、アンチエイジングの歌はなかったなあ。

5歳までピアノを習っていましたとあなたの指に打ち明けるゆび

（鈴木美紀子・女・48歳）

心にではなく体に刻まれた記憶というものがある。「あなた」も〈私〉も知らないうちに、「あなたの指」に〈私〉の「ゆび」が勝手に打ち明けてしまった。なんて可愛くてセクシーなんだろう。

同い年の香川真司が決めるたびテレビの前で少しつば飲む

（ながや宏高・男・23歳）

「昔から同い年の有名人が気になってしまいます。たぶん羨望と自分に対する絶望からくる感情だと思います」との作者コメントがありました。「少しつば飲む」という表現の微妙さがいいですね。他にどうしようもない感じがよく出ています。私と「同い年」の有名人はスポーツの世界にはほぼいなくなってしまいました。

このオレの入浴シーンを謎として見る猫アリス牝7ヶ月

（くどうよしお・男・32歳）

不思議そうに見ているのでしょうか。彼女には洋服とかも意味がわからないだろう。「オレ」と「アリス」との間には互いに解けない「謎」がある。そこにときめきを覚えます。

「馬はかわいいもんや」と笑む騎馬兵の
祖父は誰かを殺したろうか
（蜂谷ダダ・女・28歳）

「祖父は誰かを殺したろうか」の下句にどきっとする。「馬はかわいいもんや」という言葉は真実にちがいない。でも、それだけが戦争の記憶の全てである筈がない。

一〇三になって太宰が書く本が読んで
みたかったつまんなくても
（山田水玉・女・26歳）

「つまんなくても」に作者の世界の捉え方が表れているようです。仮につまんないなら、どんな風につまんないのかそれを味わいたい、というオープンマインドな感覚。

制服の不思議な力に妹は気付かないままスカートを折る

（上町葉日・女・20歳）

「制服の不思議な力」ってなんだろう。魅力？　防御力？　権力？　かつてそれを着ていた〈私〉は知っているのでしょう。「スカートを折る」というひとりの行為にも惹かれます。

胆石と高血圧の既往あり健診太郎三十二歳

（岡野大嗣・男・32歳）

「『大阪太郎』とか『年金太郎』とか、市役所の記入用紙の見本にある人名のプロフィールを見るのが好きです」という作者のコメントがありました。私も彼らを想像してみることがあります。若過ぎたり完全健康体だったりすると、健康診断の問診票の見本である「健診太郎」は務まらないんですね。

では、次に自由題作品を御紹介しましょう。今回は秀歌が多くて選ぶのが大変でした。

「あの人が未来人ならどうしよう」そんなこと言う君は嬉しそう

（佐々木里菜・女・20歳）

「未来人」＝〈私〉が知らない世界を背後に背負っている人。そう考えると、好きになる人はみんなどこか「未来人」めいているのかもしれませんね。そんな特別なオーラを「あの人」に感じるから「君は嬉しそう」なんだろう。

ソフトクリームの上半身が落ちている道　君は今どうしてる？

（つきの・女）

「上半身」がいい。「ソフトクリーム」にとっては「上半身」こそが命。「道」は〈私〉がかつて使っていた通学路かもしれませんね。そこに落ちている「上半身」を久しぶりに発見したことで、友達と食べ歩きをしていた頃の記憶が不意に甦ったのでは。

好きだって言わなくたってセックスはできるものだというお告げあり

（鈴木晴香・女・30歳）

「お告げあり」という表現がポイント。動物レベルでは「セックス」＝交尾なんだから「好きだって言わなくたって」勿論実行可能。でも、人間の特に女性にとっては、そう単純な話ではない。だからこそ、〈私〉はその言葉に「お告げ」めいた思いがけなさの閃きを感じたのでしょう。

同じ作者の「夕まぐれ紋白蝶の鱗粉に入居者募集中のひかり」も面白かった。異なる次元が混ざり合ってくらくらするような魅力がありますね。

さっきの鳥しらべてみたら絶滅はしそうじゃなくてがっかりしてる

（山本まとも・男・26歳）

今にも「絶滅」しそうなレアな存在を見たと思いたかったのでしょうか。それは「いけない感じ方」なんだろうけど、敢えて短歌にする主体の在り方が面白い。本当に「鳥」を「絶滅」させるものはノーリスクで無責任な「正しい感じ方」だろうから。

答え合わせしてよ初めて愛すんだ空欄だけは無くしとくから

（ナルヒト・女・17歳）

「愛」のテストという発想が魅力的です。「空欄だけは無くしとくから」に見られる捨て身の瑞々しさもいいですね。同じ作者の「世界とか言われるとすぐ泣きそうになる人が炊いたごはん食べてる」もよかった。

次回は「地元」をテーマにした作品と自由詠を御紹介する予定です。

次の募集テーマは「日常」です。短歌には日常詠という云い方があるのですが、年齢や性格や職業や環境によって「日常」はさまざまに変化する。自分にとっての「日常」を自由に詠ってみてください。楽しみにしています。

また自由詠は常に募集中です。どちらのテーマも何首までって上限はありません。思いついたらどんどん送ってください。

テーマ
地元

今回のテーマは「地元」です。なんだか迫力のある歌が多かった。一首一首読みながら、思わず引き込まれてしまいました。

あいつらが結婚したということでますます町は小さく見える

（ななはる・男・30歳）

昔からよく知っている友達同士の「結婚」は仲間内でいちばん盛り上がれるパターン。でも、その一方で、地域の「地元」性はさらに煮詰まってゆく。「ますます町は小さく見える」という表現が巧い。

ベッドタウン家しかないが家がある早く帰ろう母が待ってる

（ユウ・女・21歳）

リズムがいい。私の実家も「ベッドタウン」なのでこの感じはわかります。都会でも田舎でもなくて、本当になんにもない。その感覚が生み出す切実さ。

あの日からここに住んでるやつはバカだと思う地にのり巻き落ちてる

（モ花・女・29歳）

凄いですね。「私の住む柏市は放射能汚染がひどいのです」という作者コメントがありました。そういう〈私〉自身もまた「バカ」のひとり。「のり巻き落ちてる」という生活感が異形の詩に反転している。一読して衝撃を覚えました。

ここにしかないパン屋さんここにしかない味ここにしかない酵母

（トヨタエリ・女・32歳）

五七五七七で切ってみると「ここにしか／ないパン屋さん／ここにしか／ない味ここに／しかない酵母」。シンプルな繰り返しを複雑なリズムに乗せているところが素晴らしい。ラストの「酵母」でくすっと笑ってしまいます。見えないだろう。

十四年前のわたしよ未来はある　皆教会で笑いをこらえる

（後藤葉菜・女・26歳）

ドラマを感じます。中学時代の友人の結婚式のために、地元からも遠くの町からも友人たちが「教会」に集まってきたのだろう。「笑いをこらえる」の涙ぐましい一体感。「十四年前のわたし」に語りかけるスタイルに胸を打たれます。

「ドトールなう」つぶやく君のドトールはここじゃないのかいまじゃないのか

（雲はメタんご星人・女・20歳）

「ツイートを見て近所のドトールで勉強してるんだ、たまたまを装って会いに行こう！と思ったのに行ったらいなかったんです」との作者コメントあり。地元の共有感覚を逆手にとった歌。パラレルワールドの地元にもうひとつの「ドトール」があるような。

もう親と同じ墓には入れない 職場の前で蜘蛛を逃がした

（ゆいこ・女・25歳）

上句と下句の響き方に奇妙な魅力があります。夜の「蜘蛛」を殺すと「親」の死に目に云々といった迷信（幾つかのバージョン違いがあるようです）を下敷きにした表現かもしれませんね。詩的な論理を感じます。

改札を出た瞬間に襲いくる「帰ってきたか」「帰ってきたか」

（滝谷侑紀奈・女・25歳）

「たまに帰ると、改札を出た瞬間に空気がむわっとして、『もう出ていかさない、お前はここの土地の人間だ』と言われているようで、体が溶けて土地に取り込まれそうになります」との作者コメントあり。「帰ってきたか」という地霊の声が生々しいですね。土地によってパワーに違いがあるようです。

・

透明な電車を五本見送って見える電車を待っている朝

（木下龍也・男・24歳）

例えば、都会から地元にUターンしたら、こんな感覚に囚われそうです。どこにも感情は書かれていないのに、〈私〉の姿が見えてくるようです。

エコバッグさげてコンビニから出ると
金閣寺への道をきかれる

（麻倉遥・女・29歳）

音を見てゆくと、一首の中心に置かれた「きんかくじ」のカ行音が「えこばっぐ」「こんびにから」「きかれる」にも展開されているようです。そういえば「きょうと」にもカ行音がありますね。

では、次に自由題作品を御紹介しましょう。

ああむこう側にいるのかこの蠅はこち
ら側なら殺せるのにな

（木下龍也・男・24歳）

「窓に張りついている蠅はどちら側にいるのか確かめたくなります」との作者コメント

あり。なんともいえない怖さに惹かれます。「むこう側」にいる「蠅」はそもそも殺す必要がない、という視点が意図的に欠落させられているからか。〈私〉のどこかぼんやりした口調もたまらない。

逃げ出したわたしをとらえるためだけに村の会議でつけられた綱
（まるやま・女・28歳）

悪夢的な怖さがありますね。個人の悪意ではなく、「村の会議」という共同体の合意であるところに一層の絶望感が宿っています。

絶対的何かを探した夏休み塩を塩化ナトリウムと言い換える
（九螺ささら・女・43歳）

オール・オア・ナッシング的な感覚に支配される思春期の「夏休み」でしょうか。日常を拒否してその奥にある未知の扉に手をかけてみたくなる。「塩を塩化ナトリウムと言い換える」には、そんな「絶対」への憧れが潜んでいるようです。

次回は「日常」をテーマにした作品と自由詠を御紹介する予定です。

次の募集テーマは「言葉」です。初めての言葉、愛の言葉、最期の言葉、標語、キャッチフレーズ、方言、口癖、エスペラント、鳥の言葉、宇宙語、同時通訳、座右の銘、言葉狩り、自分なりの解釈で自由に詠ってみてください。楽しみにしています。

また自由詠は常に募集中です。どちらのテーマも何首までって上限はありません。思いついたらどんどん送ってください。

テーマ 日常

今回のテーマは「日常」です。誰にも云わないような、云えないような、生活の細部に詩の契機がありそうです。

きっともう神様だって忘れてるわたしを電子レンジが呼んでる

（まち・女・25歳）

「電子レンジ」に呼ばれる日常。その価値が「きっともう神様だって忘れてる」によって可視化されました。淡々と「電子レンジ」のドアを開けて、今日も「わたし」は生きている。そこには「神様」の知らない喜びと悲しみがあるのだろう。

カップ麺のスープをシンクに流したら
今更現るブロックポーク

（國次ひかり・女・18歳）

あの四角い肉は「ブロックポーク」っていうのか。「メインの具材はスープ捨てたときにようやく出てくるので悔しいです」という作者のコメントがありました。誰もが体験していて、けれど、普段は情報化されないような現実の細部を見事に捉えていますね。日常は小さな小さな不如意の連続。でも、それを短歌にすることで新たな価値を生み出すことができる。

ポケットの中のパッチンどめを折るた
びに変わってゆく目的地

（たかだま・女・22歳）

日常の一瞬一瞬こそが生の全て、そのことは痛いほどわかっている。にも拘わらず、どこに向かってどのように生きればいいのかはわからない。正解というものはないからだ。「パッチンどめを折る」たびにパラレルワールドにジャンプしているような感覚が瑞々しい。

改札の数が少ないあふれてる人が落ち着くまで並ばない

（ななはる・男・30歳）

私もこういう行動パターンです。生活の前線で体を張れないというか、撤退しがち。それもまた日常のリアリティか。「改札の数が少ない」の不思議な二句切れが効果的です。

夏休みお昼ごはんに次々と姿を変えて迫り来る麺

（竹林ミ來・男・30歳）

「母に昼食を任せると冷やし中華素麺スパゲティ焼きそばのどれかになるので、自分で食べるときは麺類を避けるようになってしまいました」との作者コメントあり。その現象を「姿を変えて迫り来る麺」と表現したところがユニーク。「麺」たちが意思をもっているみたいですね。

死ぬときにこの手握ってくれる人募集中すこし急いでいます

（つきの・女）

「死ぬときにこの手握ってくれる人」は夫や恋人とは限らない。「すこし急いでいます」にどきっとさせられました。ひりひりするような切実感があります。

アラビア語実用会話例に「このライフル銃はあなたのですか？」

（岡野大嗣・男・32歳）

日常という概念は地域や時代によって大きく変化する。つい忘れがちなその事実が浮かび上がってきます。「実用」の一語がいい。

では、次に自由題作品を御紹介しましょう。

隣人にはじめて声をかけられる「おはよう」でなく「たすけてくれ」と

（木下龍也・男・24歳）

昭和の頃に較べて「隣人」に声をかけることのハードルは高くなっているようです。

私が子供の頃はまだご近所とお醤油の貸し借りがあったけど、最近の都会では引越しの挨拶をすると危ない人と思われるらしい。そんな時代感覚をビビッドに映し出した一首。

擬音語は敬語のうちに入りますかと聞いてみた答えはノーだ

（佐々木里菜・女・20歳）

「イベントコンパニオンのアルバイト中のひとコマでした」との作者コメントあり。いったいどんな「擬音語」が「敬語」になりうると思ったんだろう。新鮮な発想。しかし、社会の現場では通用しない。「答えはノーだ」という云い方に、そのことを〈私〉自身も予期していたニュアンスがあって惹かれます。

同じ作者の「黒スーツヒールパンプス黒い髪　御社はわたしの何を知りたい」もいい。「御社」の一語に批評性がありますね。知りたいのはたぶん「わたし」が「わたし」をどれだけ捨てられるか、ということ。

アリよ来い迷彩アロハシャツを着た俺が落とした沖縄の糖へ

（小林晶・女・30歳）

危険な面白さ。「俺」へのコンタクトを求める気持ちが高まりすぎておかしくなっているのか。「アリよ来い」「糖へ」の照応もいい。そういえば思春期などには、特別な誰かに向けた大切なメッセージがスルーされ続けているような感覚に囚われることがありました。

新人とすぐにわかった閉店のアナウンスなのにテンションが変

（木下ルミナ侑介・男・27歳）

「テンション」が高かったのかなあ。そこから導かれる「新人」という推理が面白い。所謂「感動」以外のところにも詩は宿る。

カブトムシの頭だけ食べ残されて初めて飛んだ夢を見てゐる

（九螺ささら・女・43歳）

「鳥が食べた後なのだそうです」との作者コメントあり。ぎょっとしますね。でも、本人は「頭」が残っているから今も「夢を見てゐる」のでしょう。

次回は「言葉」をテーマにした作品と自由詠を御紹介する予定です。

次の募集テーマは「性格」です。私の特徴は内弁慶かな。アウェイ感のあるところではいつもびくびくしています。情けないと思うけど、或る時期から性格の基本的な部分は変えられないと諦めました。自分の性格、恋人の性格、国民性、県民性、種の性格、いろいろな切り口があると思います。自分なりの解釈で自由に詠ってみてください。楽しみにしています。

また自由詠は常に募集中です。どちらのテーマも何首までって上限はありません。思いついたらどんどん送ってください。

テーマ

言葉

今回のテーマは「言葉」です。言葉で「言葉」を表現するのはメタ的になるから難しいと思ったけど、過去最高に近い応募数でした。何故か母や父との関わりを詠った作品が多かった。最も密接に言葉を交わす相手だからかなあ。

「おがあざんおどうざんといづまでもながよぐ」と祝辞を述べる夢の中

（九螺ささら・女・43歳）

この言葉のインパクト、そして生々しさはなんだろう。「先日夢の中で父母の披露宴らしきものに出席しました。そこは濁点の世界で、わたしは心が汚れた人みたいで両親の披露宴を汚すみたいで悲しく、しかし口は不自由でした」との作者コメントがありました。濁点はどこからきたのか、異様なのに必然性めいたものを感じます。この時点では二人はまだおかあさんでもおとうさんでもなく、〈私〉は未来にしか存在しない。また実際には男女の仲が良くても悪くても生殖には関係がない。祝福の言葉を妨げる深層レベルの呪詛が、〈私〉の中にあるのかもしれませんね。一首のリズムを調整させて貰いました。

母さんは僕が最初に口にした言葉が何かいわずに死んだ

（山城秀之・男・47歳）

「僕が最初に口にした言葉」が気になるのは何故だろう。人生の始まりというか、運命が動き始める起点だからかな。「ママ」とか「ぶーぶ」とかが多いみたいだけど、中には「天上天下唯我独尊」だった人もいるらしい。

母の声染み透るような秋の空青々として私はにくい

（中原志季・女・16歳）

「にくい」にはっとさせられますね。「母の声」が美しく染み透ってしまった世界には、「私」の居場所がないのかもしれない。

文字で見る方言たちは不器用で片言のよう「ちゃうねん、好きや」

（こころも・女・22歳）

そう云えばそうだ。耳で聞いても目で見てもそれほど違いを感じない標準語に対して、「方言」は文字にすると急にその命を失って、ぎくしゃくしてしまうようです。基本的に話し言葉というかコミュニケーションツールなのかなあ。

「好きにしろ」父の口癖聞くたびに好きにできない呪縛にかかる

（遠野茉莉・男・22歳）

わかる気がします。それは表面的な意味とは逆のエネルギーをもった呪いの言葉。本当に好きにするためには「父」を「父」でなくすしかないのかも。

焼き肉をするときタダでもらうやつ出てこないまま信号が青

（星の・男・23歳）

「『ラード』という言葉が思い出せなくてもやもやしました」との作者コメントあり。「出てこない」のが「カルビ」や「ハラミ」や「サムギョプサル」であるよりも、何故か面白い。たぶん『ラード』が「タダでもらうやつ」だからでしょうね。「タダ」のものにも名前はある。

「一言で言い表せない」ばかり言うロックマニアとする立ち蕎麦
（ヒポユキ・男・48歳）

目に浮かびます。こういう人いそうですね。ロッカーでもロックンローラーでもなくて「ロックマニア」というところにリアリティがある。

動物は何も言わずに死んでゆく人間だけがとてもうるさい
（木下龍也・男・24歳）

「人間」だけが言葉を持っているから、自分がいずれ死ぬことを理解する。動物はただ現在の体験としてリアルに「死んでゆく」のみ。そう考えると、言葉こそが未来を作り出していることになる。

では、次に自由題作品を御紹介しましょう。

明日からも生きようとする者だけが集う夕べのスーパーマーケット

（ななみーぬ・女）

見慣れた光景が言葉によってその本質を暴かれている。「スーパーマーケット」の活気に気圧されることがあるけど、あれは「明日からも生きようとする者」たちのもつエネルギーだったのか。

へんなストラップばっかり集めてるあんたが憎いと言われた日から

（三日月・女・17歳）

不思議な繋がりだけど、わかるような気がします。それまでは可愛い「ストラップ」を集めていたのだろう。「あんたが憎い」という呪いの言葉が、「ストラップ」の位置づけをマスコットから魔除けに変えたのかもしれません。リズムを調整させて貰いました。

急行を山椒魚と呼んでいた頃降ってい
た雨の匂いだ

（鈴木晴香・女・30歳）

「急行を山椒魚と呼んでいた」が面白い。結びつきの味わいというか、単なる出鱈目ではない感触がありますね。でも、どうしてなんだろう。形が似てるのか、色が似てるのか。「山椒魚」は遅そうだけど、ほんとは速いのかなあ。

ほんとうの事を言っておののかせ靴も
履かずに自転車を漕ぐ

（モ花・女・29歳）

ひりひりと瑞々しい。「靴」を履かなくても「自転車」は漕げる。でも、もう降りられないような、どこまでも漕ぎ続けるしかないような、そんな感覚。

次回は「性格」をテーマにした作品と自由詠を御紹介する予定です。

次の募集テーマは「電化製品」です。私は冷蔵庫の扉を一日に何十回も開けてしまいます。「何かいいもの」があるような気がして。ドライヤーのプラグがコンセントに刺さったままになっていると、こわくなって足で抜きます。あとブラウン社の昔の置き時計を集めています。

「電化製品」は種類も多く、いろいろな切り口があると思います。自分なりの解釈で自由に詠ってみてください。楽しみにしています。

また自由詠は常に募集中です。どちらのテーマも何首まででって上限はありません。思いついたらどんどん送ってください。

テーマ　性格

今回のテーマは「性格」です。自分で自分の性格を詠うのは難しいけど、面白い作品が集まりました。

入場もできないほどの残額にならないようにチャージする蟻

（竹林ミ來・男・30歳）

「蟻とキリギリス」の「蟻」的性格ってことだろうけど、このように言葉にされることで、「蟻」がSuicaをもって「チャージ」する像が浮かんでくる。その二重性の面白さ。

世の中を疑いすぎて手を洗うその石鹸はきたなくないの？

（片山登士一・男・35歳）

「その石鹸はきたなくないの？」にどきっとさせられます。コンタクトレンズが目の裏側にいってしまわないか。お寿司屋さんがトイレでちゃんと手を洗っているか。色々と心配になるけど、きれいの塊である筈の「石鹸」を疑うところに或る一線を超えた感触があって、そこがいい。

軟球が飛んできたとき転がして小学生に返した弱さ

（ななはる・男・31歳）

わかります。僕もボールを投げ返したり、蹴り返したり、ってことができないんです。そんな性格だから「弱さ」の松葉杖として言葉というものが必要になるのかも。

この女当年とって二十七泣き出す前に億を数える

（山田水玉・女・27歳）

「泣き出す前に億を数える」が実にニュアンスに富んだ秀句表現ですね。決して泣かないのと「泣き出す前に億を数える」のは現実的には同じに見えるけど、確かにちがうんだ。

その妖精5人のなかにB型はいませんご安心ください

（つきの・女）

「その妖精5人」というシチュエーションが謎。なのに、妙に可笑しい。特に「ご安心ください」。この感覚を支えているのは、血液型によって性格が決まる、という風説。

足跡のいくつもついた手袋は左手だった拾わず過ぎる

（原彩子・女・45歳）

落ちている「手袋」を見つけ、「足跡」に気付き、さらに「左手」であることまでチェックして、しかし「拾わず過ぎる」。ここに〈私〉の性格というものが出ていますね。

間違えて手を振ったら振り返されただから君じゃないと気付きました

（國次ひかり・女・18歳）

「あの人なら手を振り返してはくれないな、と」という作者のコメントがありました。振り返されて嬉しい筈なのに、それによって「君じゃない」ことに気付く。このズレが悲しくて、歌としては魅力的ですね。

もう二度と戻って来ない部屋なのにきみは枕の位置を直した
（田中萌香・女・23歳）

ホテルの部屋とかでしょうか。着眼点がいい。こういう合理性を超えた局面において、確かに性格って出るなぁと思います。

がたがたのトウモロコシの残骸の汝を愛することを誓います
（鈴木晴香・女・30歳）

「がたがたのトウモロコシの残骸の」までが性格の描写でありつつ、同時に「汝」にかかる序詞的用法になっている。次々に「の」で繋いでいくリズムがいいですね。

では、次に自由題作品を御紹介しましょう。

ＣＤを聴いているとき高速でぼくの指紋が回っています

（ながや宏高・男・24歳）

事実をそのまま詠ってるんだけど、なかなかこうは表現できない。その理由は、これが目には見えない事実だから。実際に「指紋」が見えないってこともあるけど、それ以上に、この事実が社会的に価値や意味をもたないことが大きい。そういうものは我々の意識の網の目から零れてしまう。例えば、こんな自由律俳句があります。

くす玉の残骸を片付ける人を見た

又吉直樹

「くす玉」の存在意義は割れることで、その「残骸」にはもはや社会的な価値がない。だから誰も注意を払わない。つまり見えない。でも、それは確かに存在している。そういう対象を捉え得る選ばれた目の持ち主が詩人と呼ばれるわけです。

霜柱一匙すくい朝礼の生徒みたいだ
キラキラと泣く
（レイミ・女・22歳）

「霜柱」が「朝礼の生徒」っていうのはびっくり。確かに、気をつけをするようにぴしっと並んでますね。凄い発見。しかもそれらが「キラキラと泣く」とは。

エイリアンの小学校は遠足です人間は
おやつに入ります
（あんまさ・男・40歳）

「人間の小学校は遠足ですバナナはおやつに入ります」の階層を変えただけで、いきなり詩が出現しました。考えてみると、「乳飲み仔牛のなんとか」って人間界のメニューには書いてあるし、「食用蛙」って名前をつけたりもする。

たぶんかたつむりと同じスピードで涙は耳まで落ちていった

（シラソ・女・27歳）

寝たまま泣いているのか。「かたつむり」の意外性が魅力的。それが這った跡は「涙」の跡と同じように光っている。意外性の背後に隠された、そんな繋がり方に詩の秘密がありそうです。

次回は「電化製品」をテーマにした作品と自由詠を御紹介する予定です。

次の募集テーマは「旅」です。短歌の世界には「旅の歌に名歌なし」という言葉があって、難しいものとされています。旅先では見聞きするものの全てが新鮮だから、感動のハードルが下がって、絵葉書っぽくなっちゃうんですよね。でも、散歩だって小さな旅かもしれないし、転がった消しゴムの旅とか。時間旅行とか。なんでもOKなので、力まずに自由に詠ってみてください。楽しみにしています。

また自由詠は常に募集中です。どちらのテーマも何首までって上限はありません。思いついたらどんどん送ってください。

テーマ 電化製品

今回のテーマは「電化製品」です。人気のあるモノとないモノがありました。最近レベルが高くなっていて、一首でも多く載せたい気持ちです。

悲鳴が聞こえた気がして掃除機を切る
またつける悲鳴があがる

（蜂谷駄々・女・29歳）

この感覚、わかります。「掃除機」をかけているときだけに聞こえる幻の「悲鳴」。それは単なる錯覚ではなく、パラレルワールドもしくは未来の誰かの「悲鳴」なのかもしれません。

全部屋の全室外機稼働してこのアパートは発進しない

（木下龍也・男・24歳）

びっしりと並んだ「室外機」にぎょっとすることがありますね。あれが一斉に「稼働」したとき、「アパート」は「発進」して、さらには空に飛び立ってゆく。というのは幻だった。

あのひとの携帯電話がひかっててなんでこんなに寂しいんだろう

（田宮ともみ・女・31歳）

〈私〉とは別の人間関係の中に「あのひと」はいる。「寂しい」のはそのことを示す光だから。自然な詠い方に説得力があります。

室外機に鳩が絡まる血まみれの夢から覚めて布団から羽

（九螺ささら・女・43歳）

ベランダなどの「室外機」の近くには「鳩」が来ますね。おそらくはそんな記憶が生み出した「血まみれの夢」。そこから覚めた瞬間の「布団から羽」に、どきっとさせられます。これは何の「羽」？　現実と夢の間は、クラインの壺のように捻れながら繋がっているのかも。

調理器具売り場の隅でセロファンの炎みつめていたら迷子に

（深田海子）

家庭的な印象の「調理器具売り場」で「迷子」になった。それは家の中で「迷子」になってしまうような不思議さ。でも、ここは贋物の家なのだ。その証拠に贋物の「炎」

が揺れている。同じ作者の「イマナラサラニモウヒトツと男はどすぐろい染みをつくっては消し」もいい。深夜の通販番組の奇妙な明るさと禍々しさ。

ソファーにて寝ている彼女ダイソンの掃除機みたいな吸引力だ

（あんまさ・男・40歳）

実際には「彼女」ではなく、自分自身の欲望の「吸引力」だと思われます。それは種の保存を求める野性の呼び声の強さでしょうか。

一生をかけてもわたしにつくれない電子レンジを100円で売る

（まるやま・女・28歳）

リサイクル屋に売ったのでしょうか。「一生をかけてもわたしにつくれない」にはっとしました。全ての家電がそうですね。そんな凄いものたちに取り囲まれて暮らしているんだから、もっと幸福感があってもいいのに不思議です。

目の前で銃で撃たれて倒れてく平和な日本でわたしの居間で

（じゅん・女・54歳）

テレビという言葉を敢えて使わないことで、遠い戦場と「わたしの居間」がオーバーラップするような感覚が生まれました。そこには錯覚とは云えない真実があるような。

結界のように真白い冷蔵庫ミルクの獣臭も冷やして

（高橋徹平・男・36歳）

牛の乳や豚の肉を冷やすためにどこまでも進化してきた機械。そんな「冷蔵庫」は二十一世紀の「結界」なのか。同じ作者の「母さんが故障したので家を出てかわいい家電と同棲します」もいい。「母さん」をモノ扱いして「家電」をヒト扱い、この倒錯にリアリティがあります。

では、次に自由題作品を御紹介しましょう。

マイク持つ　あと1分　あと30秒　あと5秒でこの学校が燃える

（ソウ・マサキ・女・24歳）

〈私〉が「マイク」に向かって声を出すと「学校が燃える」。「防災訓練の放送係」という現実の背景を隠したことで、緊迫感が詩的な美しさを帯びました。

ワープした先でのことはどなたにも話せない約束となってます

（佐々木里菜・女・21歳）

本当は「ワープ」なんかしてないんじゃないか。いや、そんなことはない。現実の最深部には確かに「ワープ」的、タイムスリップ的、輪廻的な真実が眠っている。それにアクセスする方途としての詩。

前髪の分け目を左に変えました。今度はあなたがひざまずく番

（鈴木美紀子・女・48歳）

「分け目」を変えるという意外性の魅力。運命が分岐するきっかけ、或いはパラレルワールドへの切り替えスイッチは、そんなところにあったのか。

君の手のひらをほっぺに押しあてる昔の日曜みたいな匂い

（木下ルミナ侑介・男・27歳）

「昔の」という表現が効いています。目の前の「手のひら」が既に失われた幸福の「匂い」を放っているとは。

どうしようもなくとくべつなあなた
指差されたら死んでしまうわ

（三日月・女・17歳）

鋭い実感がありますね。「指差されたら」の意外な単純さが素晴らしい。これが「キスをされたら」では台無しだ。

次回は「旅」をテーマにした作品と自由詠を御紹介する予定です。
次の募集テーマは「戦争」です。重い言葉だけど、短歌にするときのアプローチはいろいろ考えられると思います。今回のじゅんさんの歌もその一例ですね。どんな角度からでもいいので、自由に詠ってみてください。楽しみにしています。
自由詠は常に募集中です。思いついたらどんどん送ってくださいね。

テーマ
旅

今回のテーマは「旅」です。旅先の風景や出来事をそのまま詠うんじゃなくて、それによって照らし出される何かを表現した作品ばかりで面白かった。わかってるなあ。ちなみに毎月のように載っている作者には、そもそもの投稿作品数が多いという特徴があります。初心者は真似してみてね。

旅行だしちょっといいメシ食べようとコンビニでいくらのおにぎり買った
（美那子・女・21歳）

絶望めいた味わいが、けれど恰好いい。国内旅行の場合、どこまで遠出しても「コンビニ」の圏内から出ることは難しい。いつもは鮭の「おにぎり」なのかもしれません。

読みかたのわからぬ名前のバス停で死んだ犬など思い出してる

（いとうひでのり・男・51歳）

「読みかたのわからぬ名前のバス停」と「死んだ犬」の組み合わせに惹かれました。いつ来るかわからない田舎のバスを待ちながら「死んだ犬」のことを思い出す。意味がないようで意味がある。効率が重視される都会にいると押し潰されてしまうもやもやした生命力が甦るようです。

今日撮った写真をほとんど削除して鳩にまみれたパーカーを脱ぐ

（モ花・女・29歳）

なんだろう、旅先で「鳩」まみれになったのか。やはり効率を超えた生な感触が伝わってくる。全てではなく「ほとんど」というところがいい。カメラではなく生きている人間の記憶って元々そうですよね。

20円石鹸の泡に包まれる知らない人生達のおっぱい

（三日月・女・28歳）

旅先の温泉か銭湯か。「20円石鹸」がそれを表す。「人生達」という云い方が面白い。「おっぱい」は「人生」の顔のようなものらしい。

高台のカーブにゆられゆらめいてこの街あかり吹き消すように

（junko・女・25歳）

不安と甘さ、旅先の心理が伝わってくるようです。「吹き消すように」の云いさしに思いがこもりました。

探偵と小林少年浴衣着て外湯を巡る彼は誰そ時

（奈楽・女）

休暇の旅だろうか。のんびりと穏やかで、しかし、どこか妖しい雰囲気も漂っている。「彼は誰そ時」からは、明智小五郎得意の変装を思わせるような「探偵」っぽさも感じられる。昼間の顔が消えてもうひとつの顔が浮かび上がる時間帯。

長江を見下ろす雲のベンチにて華氏と摂氏が旅話する

（九螺ささら・女・44歳）

スケールの大きな「旅話」。「華氏」と「摂氏」をもってきたところに世界を異化する力が見える。人間でも神でもない者の存在感。

電話では一緒に歌はうたえない発見だけが思い出の旅

（こゆり・女・28歳）

「せーので歌い始めてもずれてしまうこと、音が遅れるのはわかるのですが、会話がスムーズに成り立っているのになぜなのかしつこく尋ねて説明されても理解しきれません」という作者のコメントがありました。甘美ですね。旅そのものではなく、離れていることが逆に照らし出す二人の「思い出」。

では、次に自由題作品を御紹介しましょう。

傷付けたカバーに悪いと思わないそのために買ったカバーなのだから

（大平千賀・女・30歳）

自分に云いきかせているような口調が魅力的。本当に「悪いと思わない」人は、「悪いと思わない」とも思わない。なんとも思わない。

「あーどこかにおっぱい落ちてないかな」と言う友達よそれは事件だ

（枢木くるる・男・26歳）

確かに。と思いつつ、笑ってしまいました。男の子性みたいなものが捉えられています。

天井の木目が僕の顔を見て知ってる木目に似てると言った

（木下ルミナ侑介・男・27歳）

面白い。「僕」が「天井の木目」を見て知ってる「顔」に「似てる」と思うことが反転されている。意識というものの自己中心性が見えてくるようです。

動き出す窓から見えるどうしようもなくどうしようもない君の顔

（鈴木晴香・女・30歳）

「どうしようもなくどうしようもない」という表現が効いています。車窓からの視線の移動感覚とも繋がって。このような歌を見ると、短歌が量的に計れる情報ではないということがわかります。僅か三十一文字で世界に量的にアプローチするのはそもそも無理なので、別なルートを探ることになる。散文的世界の常識からすると、一種のマジックめいた語法が求められるわけです。

鶏は何をしくじったのだろう校舎の屋根に風見兎が

(原田・女・39歳)

うっかり眠っていて風の流れを無視してしまったのか。実景の背後に物語を見る視線の鋭さ。象徴的な存在の過ちに奇妙な美しさを感じます。

協定の期限が切れて静止していた森林が歩きはじめる

(木下龍也・男・24歳)

そのとき人間はどうなっているのか。「協定」「期限」「切れて」というカ行音の硬さから「静止」「して」「森林」というサ行音の柔らかさへの変化も「歩きはじめる」イメージに対応しているようです。

次回は「戦争」をテーマにした作品と自由詠を御紹介する予定です。

テーマ

戦争

今回のテーマは「戦争」。誰がどう挑んでも難しいに決まってる。でも、いつもの二倍近くの歌が送られて来ました。やってくれるなあ。

戦場に行くバスに乗る　ポケットに酔い止めの薬だけを入れて

（山城秀之・男・48歳）

夢の中のような奇妙な生々しさ。アイロニカルな批評性を包み込むポエジーに惹かれました。「戦場に行くバス」に酔ってしまうことは、けれど、あるだろう。それはまずい。上手に戦争ができなくなってしまうから。

爆弾が普通の人の何でもない弁当箱を
博物館へ

（笹田元町・男・28歳）

「広島の平和記念資料館に展示されている、焼け焦げた弁当箱がモチーフです」との作者コメントがありました。「弁当箱」というモノに徹した視点がいいと思います。

生きているすべてのものが持つべきだ
核ミサイルの発射ボタンを

（カー・イーブン）

地球上から核を無くそう、という言葉は何度も聞いたことがある。でも、この歌はその逆。一瞬、反応できなくて、それから想像してみた。すべての人間が、そして猿が犬が蛇が鯨が蝶々がサボテンがミジンコが「核ミサイルの発射ボタン」を持っている姿を。地球は確実に滅びるだろう。そして「生きているすべてのもの」が死ぬ。この歌の力は、そのイメージを万人に与えるところにあるんじゃないか。

コンビニのバックヤードでミサイルを補充しているような感覚

（木下龍也・男・25歳）

「ペットボトルとミサイルって似ているような気がします」という作者のコメントがありました。「ミサイル」を「補充」しても「補充」しても終わらない日常という戦争。同じ作者の「前線に送り込まれたおにぎりは午前三時に全滅したよ」もよかった。真夜中のがらんとした「おにぎり」売り場の歌。その隣に辛うじて生き延びたいなり寿司がぽつんといたりして。「コンビニ」と戦場を重ねる感覚に説得力があります。

戦場でだれがだれだかいきてるかしんでるか見分けがつく映画
（山田水玉・女・27歳）

その理由はたぶん「映画」だから。ということは、現実の「戦場」では「だれがだれだかいきてるかしんでるか見分けが」つかないのだろう。「映画」の向こう側に現実を見通す作者の感覚はとても鋭い。

テーブルの脚、と思ったキャプションを読んだ少女の片脚だった
（岡野大嗣・男・33歳）

正体不明のものに対して、自分が知っている中でいちばん近いものを当てはめるのは当然。だけど、それが事実と違っていたとき、どのように違っていたかが問題になる。そのズレ方が自分と世界との関係を示しているのだろう。

明日から戦争だったら死ぬのかなこれを延滞した人として

（雲はメタんご星人・女・21歳）

「これ」はDVDか本だろうか。「戦争」という非日常によって、日々の暮らしが不意に断ち切られる感覚を、日常の側から懸命に捉えようとしている。それはささやかで、けれど大切な心の戦いではないか。

テレビから非日常が溶け出していつまでわたし「こちら側」なの？

（リッカ・女・27歳）

戦場もドラマも芸能界も「テレビ」の「むこう側」という点では同じ。「こちら側」にいて、何十年も一方的に「むこう側」からの光を浴びていると、現実の距離感がわからなくなって頭がぐらぐらしてきます。

では、次に自由題作品を御紹介しましょう。

きみの手の甲にほくろがあるでしょう
それは私が飛び込んだ痕
（鈴木晴香・女・30歳）

愛の歌だということが、一瞬わからないくらいの衝撃力。こんなこと云われたら、鳥肌が立つだろうな。「きみの手の甲にほくろがあるでしょう」で一呼吸あって「それは」と繋げるリズムが、一首の凄みを支えているようです。

一人閉じそれを見てまた一人閉じ
最初に傘を閉じたのは誰
（中山雪・女・25歳）

「傘」を差すときに較べて閉じるときは一人一人のタイミングにやや時間差がある。そう知ってはいたけど、そのランダム感をこんな風に言葉にされると、世界が不思議に透明な場所に思えてきます。

帰り道 号泣してても飛び出した動物を轢くことだってある

（一・男・24歳）

〈私〉の身の上にとても悲しいことがあった、その「帰り道」でしょうか。世界の残酷さ、というか正確には、世界の〈私〉に対する完全な無関心さ、が見事に表現されています。作中の〈私〉が加害者である分、「泣きっ面に蜂」よりもさらに鮮やかにその摂理を突きつけられる。

この本を梱包したのは人の手と感じさせずに届くAmazon

（じゅん・女・54歳）

この感覚、わかるような気がします。いちいち「人の手」を感じるのは心を擦られるようで疲れる。我々自身がそう思って、世界を「Amazon」的な方向へ進化させてきたんだろう。でも、いざ実現してみると妙に落ち着かない。「Amazon」の密林どころか真空の宇宙のようじゃないか。

あとがき

本書は『ダ・ヴィンチ』誌上で現在も連載中の「短歌ください」の単行本第二弾です。第三一回から六〇回までをまとめたものになります。多数の投稿作品の中から、これはと思った歌を選びました。

読み返してみて、ひりひりした思いや意外性に富んだ感覚が、五七五七七の形で鮮やかに表現されていることに改めて驚きました。短歌を全く読んだことのない人にも、本書のどの頁からでも開いて貰えれば、その魅力を実感していただけると思います。

また、投稿者の中には、歌集を出版する人も出てきているようです。「短歌ください」から歴史に残るような歌人が出現して欲しいなあ。

イラストレーションの陣崎草子さん、デザインの川名潤さん、連載担当編集の関口靖彦さん、そして単行本担当編集の稲子美砂さんには、大変お世話になりました。ありがとうございました。

それから、「短歌ください」に素晴らしい短歌をくれたみなさん、どうもありがとう。おかげでこんなに素敵な本ができました。連載はまだ続きますから、もっとください。

二〇一四年二月七日

穂村　弘

追記

文庫化にあたって、『短歌ください　その二』を『短歌ください　明日でイエスは2010才篇』と改題しました。

担当編集の西條弓子さんには、たいへんお世話になりました。ありがとうございました。

また、寺井龍哉さんに解説をお願いしました。ありがとうございました。17歳の少年歌人として本書に登場している寺井さんが、今では「NHK短歌」の先生という事実にびっくりです。

二〇二〇年八月一日

解説　美しい花束を

寺井龍哉（歌人・文芸評論家）

花屋の店先で、バケツのなかの花を指さして、「これください」と言う。すると店員は、手際よく水を切り、鋏で枝や葉の形を整えて、きれいな花束にして手渡してくれる。「短歌ください」という題名から、私はそんな場面を想像する。「短歌くださ い」という言い方の気軽さ、簡潔さが、それを思わせるのである。

「何首までって上限はありません」、「思いついたらどんどん送ってください」と穂村弘に迫られて、私たちはついその気になって、短歌を用意してしまう。

夏の朝体育館のキュッキュッが小さな鳥になるまで君と　木下ルミナ侑介

太陽はキャンプファイアー月はぼく　地球はあなた　星は星のまま　岡本雅哉

聞いたことない花の名をあたしの名よりもはっきり言い切った母　泡凪伊良佳

十四年前のわたしよ未来はある　皆教会で笑いをこらえる　後藤葉菜

体育館の涼やかな靴音が、目に見えるほどのあざやかさを持つひととき。目の前の夜の闇と、想像された宇宙空間の境界線を見失う陶酔感。今まで見たことのなかった母の激しい感情を、ふいに覗いてしまった恐怖。先の見えなかった過去の自分を、希望に満ちた現在からふり返る幸福感。どれも一読すれば、たちまち強烈なイメージが読者を襲う。この、一瞬身体が浮きあがるような驚きに、本書は何度も出会わせてくれる。

そして私はページを繰りながら、考える。それにしても、短歌ください、と言われて、これらの歌の作者ひとりひとりは、どんなふうに短歌を用意したのだろう。短歌は五七五七七、季語は不要、という最低限の規則を意識しながら、おそらく初めは文字数を指折りかぞえ、何度も書きなおし、あれこれ思い悩んだ末に、メールを送信したのだろう。

しかし、短歌を作るということは、多かれ少なかれ、嘘をつくことでもある。いや、短歌に限らず、言葉を発するということが、嘘をつくこと、相手をだますことと不可分である。このことは、何度でも反省されていい問題である。

＊

人が服を着るのは、なぜだろうか。

寒さや太陽の光、害虫や害獣から身を守るため、というのはもちろん正しい。だが、それだけのために人は服を着るのではない。むしろこれらは、服を着ることの副次的な効果に過ぎない。

人は、自分の肌を隠し、自分の身体を美しく、魅力的に見せるためにこそ、服を着るのである。あるいは、自分の立場や能力を見せつけるためである。身体を飾るアクセサリーのほうが、身体を覆う衣服よりもその起源は古いだろう。とすれば、衣服から装身具が生じたのではなくて、装身具から衣服が生じたと考えるのが自然だ。目的はあくまでも、見せることにあるのである。

色あざやかな服を着て、人は相手の目に映る自分の身体のイメージを創出し、修正し、調整する。人は、服を着ることによって、それを見る相手の目をだます。

その点で、言葉は衣服に似ている。言葉は、私が感じていること、考えていること、想像していることを相手に示す。しかしそのとき、私はその言葉を、いかようにも飾ることができる。化粧と衣服さえあれば、自分の身体をどんな色にでも染められるのと同じように、言葉さえあれば、私は自由に嘘をつくことができるのだ。

ただ、衣装を剥いでそのひとの裸体を見ることはできても、言葉を奪ってそのひとの真実の心を知ることはできない。言葉を失えば、何も語ることはできないからだ。いや、ものを言わずとも表情から感情を知ることができる、そこに真実の心を見ることができる、などと言ってはならない。表情や仕草もまた、それが相手に見られることを意識せざるをえない状況においては、意味を表示する記号の一種、言葉の一種に他ならない。

つまり私は、言葉を経由することなしに、これが私の心である、と相手に直接見せることはできない。だから、ある私の言葉について、それが私の心をそのままに写しとった真実の言葉であるかどうか、検証することは原理的に不可能である。その意味で、そもそも、完全に私の心をそのままかたどった、私の真実の言葉というものは、存在しえない。

これが、発せられる言葉のすべてが、必然的に嘘を含みこむ所以である。嘘と呼んで語弊があるなら、演技と言ってもいい。いずれにせよ、言葉はどうしても相手をだましてしまうのである。

短歌となると、事態はいっそう厄介になる。短歌を作るにあたって、定型を無視することはできない。定型にきちんと則するにせよ、定型を崩すにせよ、定型を意識しなければならない点は同じである。

＊

君を待つ3分間、化学調味料と旅をする。2分、耐えきれずと目を覆い、蓋はついに暴かれた。　せつこ

難解な歌だが、「カップラーメンの出来上がりが待てなくて2分で開けて食べちゃった」という穂村の解釈に納得する。「化学調味料と旅をする」というのは、そのにおいだけを楽しもうとした、ということだろう。

この歌は穂村が言うとおり、「滅茶苦茶な字余りで、短歌の形になってない」。それでも「短歌ください」という求めへの応答としてここへ載せられてみると、読者はこれを、五七五七七の定型を意識せずに読むことはできなくなる。定型とのずれ、それ

によって生じる強引で不安な感じが、ここでは効果をあげる。穂村が「異様なドライブ感」と呼ぶ感覚は、定型と深く関わることによってこそ、生じているのである。定型を意識することによって、ただでさえ嘘を含みこまざるをえない言葉は、現実の私から離れてゆく動きを、さらに加速させるだろう。短歌の定型は言葉に対して、より短歌らしくふるまうことを求めるからである。すくなくとも本書の論理において、よりよい短歌を作ることは、現実の私を克明に表現することを意味しない。

おそろいのブラとパンツを買いました（体育はこれを着て臨みます）　水無月

この歌について穂村は「これはセックスの比喩などではなく文字通りの「体育」と読みたい。その健全さが逆にエロいような気がします」と述べ、「ここが「デート」では全く駄目ですね」と言う。この歌の「体育」が「デート」だったら「駄目」だというのは、もちろん穂村自身の判断ではありながら、それ以上に、短歌の定型の要請の代弁と見るべきだろう。

左身があわだち歩をとめふり仰ぐ《北見小児科》君と同じ名　橘ちひろ

「実際は「吉田外科」や「高野内科」だったとしても「北見小児科」にするべき。やはりリズムと響きの問題です」と穂村は言う。「「キタミショウニカ」と「キミトオナジナ」なら音数ぴったりで響きも似てる。これが「ヨシダゲカ」では駄目なんです」。つまり、短歌としてよい作品になることを考えるにあたって、その作品の背後にあったはずの現実を克明に再現することは、二の次になってゆく。歌の言葉は定型の力を得て、その歌が作られるきっかけとなった現実とは別に、言葉そのものによって新たなイメージを読者に見せようとする。言葉はもはや、作者自身の感情や意図から脱出して、三十一文字の定型詩としての心地よさ、美しさを志向しはじめてしまうのだ。それこそが読者を深く酔わせ、あざやかにだます。

渡り蝶に月電池を内蔵させる仕事は時給16ムーン　九螺ささら

君よりも少しだけ長いお祈りで、君はわたしよりしあわせになる　いさご

だしぬけに葡萄の種を吐き出せば葡萄の種の影が遅れる　木下龍也

「短歌ください」という、このまことに簡潔な呼びかけは、もっと美しい花束を、も

っと心地よい嘘を、と求めている。穂村弘は、こんなにも気軽な調子で、こんなにも罪深い営為に、読者たちを誘うのだ。その罪深さが、本書の愉悦の豊かさである。

本書は、「ダ・ヴィンチ」（二〇一〇年一一月号～二〇一三年四月号）に連載された「短歌ください」をまとめた単行本『短歌ください　その二』を、加筆・修正のうえ文庫化したものです。

短歌《たんか》ください

明日《あす》でイエスは2010才篇《さいへん》

穂村《ほむら》 弘《ひろし》

令和2年 9月25日　初版発行
令和6年 12月15日　7版発行

発行者●山下直久

発行●株式会社KADOKAWA
〒102-8177　東京都千代田区富士見2-13-3
電話　0570-002-301（ナビダイヤル）

角川文庫 22331

印刷所●株式会社KADOKAWA
製本所●株式会社KADOKAWA

表紙画●和田三造

◎本書の無断複製（コピー、スキャン、デジタル化等）並びに無断複製物の譲渡および配信は、著作権法上での例外を除き禁じられています。また、本書を代行業者等の第三者に依頼して複製する行為は、たとえ個人や家庭内での利用であっても一切認められておりません。
◎定価はカバーに表示してあります。

●お問い合わせ
https://www.kadokawa.co.jp/（「お問い合わせ」へお進みください）
※内容によっては、お答えできない場合があります。
※サポートは日本国内のみとさせていただきます。
※Japanese text only

©Hiroshi Homura 2014, 2020　Printed in Japan

ISBN 978-4-04-102645-8　C0195

◆◇◇

角川文庫発刊に際して

角川源義

第二次世界大戦の敗北は、軍事力の敗北であった以上に、私たちの若い文化力の敗退であった。私たちの文化が戦争に対して如何に無力であり、単なるあだ花に過ぎなかったかを、私たちは身を以て体験し痛感した。西洋近代文化の摂取にとって、明治以後八十年の歳月は決して短かすぎたとは言えない。にもかかわらず、近代文化の伝統を確立し、自由な批判と柔軟な良識に富む文化層として自らを形成することに私たちは失敗して来た。そしてこれは、各層への文化の普及滲透を任務とする出版人の責任でもあった。

一九四五年以来、私たちは再び振出しに戻り、第一歩から踏み出すことを余儀なくされた。これは大きな不幸ではあるが、反面、これまでの混沌・未熟・歪曲の中にあった我が国の文化に秩序と確たる基礎を齎らすためには絶好の機会でもある。角川書店は、このような祖国の文化的危機にあたり、微力をも顧みず再建の礎石たるべき抱負と決意とをもって出発したが、ここに創立以来の念願を果すべく角川文庫を発刊する。これまで刊行されたあらゆる全集叢書文庫類の長所と短所とを検討し、古今東西の不朽の典籍を、良心的編集のもとに、廉価に、そして書架にふさわしい美本として、多くのひとびとに提供しようとする。しかし私たちは徒らに百科全書的な知識のジレッタントを作ることを目的とせず、あくまで祖国の文化に秩序と再建への道を示し、この文庫を角川書店の栄ある事業として、今後永久に継続発展せしめ、学芸と教養との殿堂として大成せんことを期したい。多くの読書子の愛情ある忠言と支持とによって、この希望と抱負とを完遂せしめられんことを願う。

一九四九年五月三日

角川文庫ベストセラー

短歌ください　穂村　弘

本の情報誌「ダ・ヴィンチ」の投稿企画「短歌ください」に寄せられた短歌から、人気歌人・穂村弘が傑作を選出。鮮やかな講評が短歌それぞれの魅力を一層際立たせる。言葉の不思議に触れる実践的短歌入門書。

もしもし、運命の人ですか。　穂村　弘

間違いない。とうとう出会うことができた。運命の人だ。気鋭の歌人が、繊細かつユーモラスな筆致で書く恋愛エッセイ集。今度はこうしよう……延々とシミュレートし続けた果てに、〈私の天使〉は現れるのか？

蚊がいる　穂村　弘

日常の中で感じる他者との感覚のズレ。「ある」のに「ない」ことにされている現実……なぜ、僕はあのとき何も云えなかったのだろう。内気は致命的なのか。共感必至の新感覚エッセイ。カバーデザイン・横尾忠則

マタタビ潔子の猫魂　朱野帰子

地味な派遣OL・潔子は、困った先輩や上司に悩まされる日々。実は彼らには、謎の憑き物が！『わたし、定時で帰ります。』著者のデビュー作にしてダ・ヴィンチ文学賞大賞受賞の痛快エンターテインメント。

夜明けの縁をさ迷う人々　小川洋子

静かで硬質な筆致のなかに、冴え冴えとした官能性やフェティシズム、そして深い喪失感がただよう——。小川洋子の粋がつまった粒ぞろいの佳品を収録する極上のナイン・ストーリーズ！

角川文庫ベストセラー

不時着する流星たち　小川洋子

世界のはしっこでそっと異彩を放つ人々をモチーフに、現実と虚構のあわいを、ほんのり哀しく、滑稽で愛おしい共感の目でとらえた豊穣な物語世界。バラエティ豊かな記憶、手触り、痕跡を結晶化した全10篇。

私の家では何も起こらない　恩田陸

小さな丘の上に建つ二階建ての古い家。家に刻印された人々の記憶が奏でる不穏な物語の数々。キッチンで殺し合った姉妹、少女の傍らで自殺した殺人鬼の美少年……そして驚愕のラスト！

失われた地図　恩田陸

これは失われたはずの光景、人々の情念が形を成す「裂け目」。かつて夫婦だった鮎観と遼平は、裂け目を封じることのできる能力を持つ一族だった。息子の誕生で、2人の運命の歯車は狂いはじめ……。

愛がなんだ　角田光代

OLのテルコはマモちゃんにベタ惚れだ。彼から電話があれば仕事中に長電話、デートとなれば即退社。全てがマモちゃん最優先で会社もクビ寸前。濃密な筆致で綴られる、全力疾走片思い小説。

幾千の夜、昨日の月　角田光代

初めて足を踏み入れた異国の日暮れ、終電後恋人にひと目逢おうと飛ばすタクシー、消灯後の母の病室……夜は私に思い出させる。自分が何も持っていなくて、ひとりぼっちであることを。追憶の名随筆。

角川文庫ベストセラー

今日も一日きみを見てた　角田光代

最初は戸惑いながら、愛猫トトの行動のいちいちに目をみはり、感動し、次第にトトのいない生活なんて考えられなくなっていく著者。愛猫家必読の極上エッセイ。猫短篇小説とフルカラーの写真も多数収録！

小説　君の名は。　新海誠

山深い町の女子高校生・三葉が夢で見た、東京の男子高校生・瀧。2人の隔たりとつながりから生まれる「距離」のドラマを描く新海誠的ボーイミーツガール。新海監督みずから執筆した、映画原作小説。

小説　天気の子　新海誠

新海誠監督のアニメーション映画『天気の子』は、天候の調和が狂っていく時代に、運命に翻弄される少年と少女がみずからの生き方を「選択」する物語。監督みずから執筆した原作小説。

ロマンスドール　タナダユキ

美人で気立てのいい園子に一目惚れして結婚した僕が、彼女に隠し続けている仕事、それはラブドール職人。僕は仕事に追われ、二人は次第にセックスレスに。夫婦の危機を迎えたとき、園子がある秘密を打ち明ける。

晴れ女の耳　紀ノ国奇譚　東直子

人は神に何を祈るのか。和歌山県の貧しく厳しい風土を背景に、正しきはずの親子の情、家族のつながりが悲劇を呼ぶ。苛酷な運命に翻弄されても生きようとした女たちの8つの物語。文庫書き下ろし短篇収録。

角川文庫ベストセラー

俳句の図書室　堀本裕樹

気鋭の俳人が、数ある名句の中から読むべき句をセレクト。俳句の読み方を知る入門書。十七音の組み立て、季語の取り入れ方、情景の写し方。読めば句作が楽しくなる。巻末に又吉直樹との語り下ろし対談収録。

わたし恋をしている。　益田ミリ

川柳とイラスト、ショートストーリーで描く、さまざまな恋のワンシーン。まっすぐな片思い、別れの夜の切なさ、ちょっとずるいカケヒキ、後戻りのできない恋……あなたの心にしみこむ言葉がきっとある。

夜は短し歩けよ乙女　森見登美彦

黒髪の乙女にひそかに想いを寄せる先輩は、京都のいたるところで彼女の姿を追い求めた。二人を待ち受ける珍事件の数々、そして運命の大転回。山本周五郎賞受賞、本屋大賞2位、恋愛ファンタジーの大傑作！

ペンギン・ハイウェイ　森見登美彦

小学4年生のぼくが住む郊外の町に突然ペンギンたちが現れた。この事件に歯科医院のお姉さんが関わっていることを知ったぼくは、その謎を研究することにした。未知と出会うことの驚きに満ちた長編小説。

完全版 社会人大学人見知り学部 卒業見込　若林正恭

単行本未収録連載100ページ以上！ 雑誌「ダ・ヴィンチ」読者支持第1位となったオードリー若林の社会人シリーズ、完全版となって文庫化！ 彼が抱える社会との違和感、自意識との戦いの行方は……？